옥천,
물빛
그리움

옥천, 물빛 그리움

초판 1쇄 발행 | 2014년 12월 10일
초판 2쇄 발행 | 2015년 1월 10일

지은이 | 김영미
펴낸이 | 지현구
펴낸곳 | 물레
등 록 | 제 406-2006-00007호
주 소 | 경기도 파주시 광인사길 223
전 화 | (031) 955-7580~2(마케팅부) · 955-7590(편집부)
전 송 | (031) 955-0910
블로그 | http://blog.naver.com/spin_wheel
전자우편 | spin_wheel@naver.com

값은 뒤표지에 있습니다.
ISBN 978-89-88653-37-1 03810

이 책은 옥천군에서 제작비의 일부를 지원 받았습니다.

옥천,
물빛
그리움

— 김영미 수필집 —

물레books

나는 서울 변두리에서 태어났다. 내 나이 삼십 중반을 넘어설 때, 마음의 이런저런 상처들이 아우성을 치며 터져 나왔다. 그즈음에 옥천의 부름을 받았다.

옥천은 감당하기 어려운 삶의 땅에 에워싸인 채 격리되어 있는 푸른 물빛의 마을이었다. 그 가운데 삶도 결 곱게 흘러가게 되리라는 기대를 품었다. 그렇게 십수 년을 지내고 돌아보니 내 마음을 깨닫고 풀어가는 과정이 느리지만 답답하지 않다. 자신의 이야기를 쓴다는 것에 나름 깨달은 것을 더하여 나 자신을 치유했다. 나는 지금도 그 푸르른 금강을 향하여 있다.

나는 좋아하는 것보다 싫어하는 것이 잦아질 때 걷는다. 특히 산행은 소란한 마음을 잠재우기에 제격인 듯하다. 그렇게 산을 오르내리면서 느낀 것이 있다. 산에 오르는 것은 산을 내려오기 위해서란 사실이다. 마찬가지로 글을 쓰거나 글을 읽는 것도 삶이라는 정상과 다를 것이 없다는 생각을 했다. 산이나 글은 모두 사람의 마음과 몸을 건강하게 할 뿐 아니라, 삶을 조망하기에 적당한 거리감을 준다. 거기에 삶을 성찰할 수 있는, 혹은 낯설게 관조할 수 있는 긴 여정이 필요할 뿐이다. 글도 그 과정 중의 하나이다. 중요한 건 다시 오르고 싶은 산이 있고, 다시 읽고 싶은 글이 있다는 것은 매우 행복한 일이다.

삶이 힘겨울 때마다 나는 늘 무언가 비범하고 특별한 답을 찾곤 했다. 그러나 공기와 물처럼, 소중한 것은 언제나 평범하기 그지없는 것들이다. 공기와 물이 사람의 건강을 좌우하듯, 누구에게나 주어진 현재가 가장 평범한 선물인 것을 알게 되었다. 평범은 결코 소박한 것이 아니다. 거기에는 보석 같은 진실을 감동적으로 전해주는 그 무엇이 있다. 결국 바로 지금 이 순간을 살아야 이야기가 시작된다. 그리고 이야기가 끝난 후에 이 세상을 잘 살았다고 혹은 그렇지 못했다고 말할 수 있다. 나는 그러기 위해 과거에서 배워 미래를 마음속으로 그렸다. 그러다 세상에서 가장 소중한 선물을 만났다. 그것은 사랑이다.

나는 그 사랑으로 사람들과 이야기하고 싶다. 사람들과 더불어 이야기를 나누는 중에 차분하게 자기 목소리에 귀 기울이고 자기 속에서 흘러나오는 말을 글로 기록했다. 드디어 머리에서 가슴까지 가는 긴 여행이 시작되었다.

2014년 가을
김 영 미

| 차례 |

1부

오일장

기차역

한 도시의 기차역은 교통수단을 지나 그 지역의 첫 번째 표정이 된다. 특히 시골은 청춘의 가장 행복했던 시절이 늙지 않고 잠겨있는 곳 같다. 붐비지 않고 조용한 소읍의 기차역은 수줍은 말이 숨어있는 것 같기도 하다. 하마터면 역을 지나칠지도 모른다. 내리는 사람이 드물기 때문이다. 해가 아직 완전히 뜨지 않은 새벽 시간, 어두운 역에 불빛이 지나가고 때때로 자다 깨면 아직도 이야기를 나직이 하고 있던 어른들, 침을 흘리며 자는 맞은편의 아주머니, 내가 처음으로 옥천역을 가던 기차 안의 기억들이다.

무엇보다 역을 통하여 그 지역에 도착하는 사람이 경험하는 진입의 확실한 인상은 그 움직이지 않는 역사, 특히 개찰구가 담당한다. 철도회사가 발행한 빳빳하고 손 안에 쏙 들어가는 그 승차권은 단순한 추상적 물건이 아니라 낯선 곳까지 나를 데려다 줄 것을 보증하는 나의 동반자이기도 하다. 이 작고 소중한 기차표로 인하여 나의 여행이 기억되는 일도 종종 있다. 어쩌다 외투 주머니에서 해가 바뀐 기차표를 발견하게 되는 경우는 그 흔적들이 고스란히 남아있는 것 같다. 기차표를 검표하는 역원의 제복도 지역의 성문을 열어주는 사람 같게 느껴졌다. 지금은 먼 이야기가 돼버렸다. 인터넷으로 승차권을 예매하고 개찰구에 역사직원이 사라진 지도 꽤 된 것 같다.

뿌연 새벽의 기차에서 내려 고개를 떨어뜨리고 무겁고 피로한 몇 걸음을 옮겨놓을 때, 내 귀를 찾아온 것은 나의 이름이었다. 개찰구에서 기다릴 것으로 상상하였던 남편은 객차 앞에 와서 웃고 있었다. 어느 도시나 그곳에 처음 접근하는 교통기관의 선택에 따라서 그 도시의 인상이 달라진다. 그 특유의 정서가 그 도시의 모습을 결정한다고 보면 옥천역(沃川驛)은 사전지식이 없다 하더라도 푯말의 이름처럼 '물이 있는 기름진 땅'이라는 것을 알 수 있다.

몇 그루 나무가 그늘을 만들고 있는 옥천은 간이역처럼 시골에 도착했다는 생각을 들게 한다. 손바닥만 한 광장을 건너 빛바랜 버스를 떠나보내는 사람들 곁을 지나 차에 올랐다. 6개월 전 남편은 이곳으로 오게 되었다. 그간 남편이 올라왔지 내가 내려 온 것은 처음이다. 나는 '옥천에 도착하였다'라고 속으로 나직이 속삭였다.

그리고 고개를 들어 남편의 두 눈 속으로 햇빛이 천천히 흘러 들어 가는 것을 보았다. 그 햇빛을 타고 은행나무 잎사귀 속에 자욱이 날아다니는 새소리도 들을 수 있었다. 소읍이지만 옥천의 첫 인상은 아득한 뜰에 와있는 것처럼 안심이 되었다.

　내 어린 시절 동네 어귀에는 마을을 지키는 커다란 정자나무가 있었다. 주변으로 오래도록 손질하지 않은 숲, 그 넝쿨 속에서 열리던 그 붉은 열매며 이름 모를 꽃들, 그리고 고요는 어린 가슴을 흔들었다. 그 야릇한 무서움과 침묵의 소리, 멀리서 들리는 대낮의 개 짖는 소리, 이 모든 것을 옥천은 나에게 되돌려 주는 것 같았다. 문득 어느 순간 가슴을 열고 보여주는 작고 소중한 비밀들이 숨겨져 있을 법한 곳이다. 이 공간은 시간의 양으로도 금전의 양으로도 측정되지 않기 때문이다.

　남편과 결혼을 하기로 결정한 것은 그의 웃음 때문이다. 남편의 웃음 속에는 세상에서 아직 말해 본 일이 없는 비밀을 나에게만 전해 준다는 표시가 어려 있었다. 그는 옥천에 관해서 별말을 하지 않았다. 그때 나는 생각하였다. 내가 이곳에서 나의 비밀, 이곳이 나의 소유임을 상기하였다.

　옥천의 하늘을 쳐다본 지도 13년째다. 옥천에 내리는 햇빛은 애무하는 꽃물결처럼 피부를 껴안아 준다. 저녁나절 가벼운 바람에 실려 와서 나의 목덜미를 쓸고 가며 벌써 저 앞에 걸어가는 남편의 머리칼에서 번뜩이는 햇빛, 한여름 금속성 소리를 내며 찌르릉거리는 햇빛, 가을철 분수의 물줄기를 타고 천천히 걸어 내려오는 햇빛, 한겨울 금강 줄기를 따라 살을 에도록 바람이 불 때도 창 밖에서 내다보면 언제나 따뜻한 겨울의 투명한 햇빛, 베란다의 다알리아 꽃 속에 자란자란 고이는 햇빛, 작은 커피 잔 위로, 벚꽃 잎새들 사이로 스며 나와 흔들리는 반점의 햇빛, 이 모든 햇빛, 이 모든 옥천의 행복의 살 속에 들어와 노래하는 소리를 들으려면 최초의 낯선 시간들을 견디지 않으면 안 될 일이다.

옥천은 그저 아무것도 소유한 것이 없어도 이 땅 위에 태어난 것이 기뻐지는 사람들이 오면 좋을 곳이다. 아니 적어도 아직 모든 생명들이 공유하는 생명의 행복감, 그 행복감의 씨앗을 품고 있는 사람들이면 충분하다. 행복한 사람들, 행복해진 사람들이 서로 서로 웃고 입 맞추고 손짓하고 이야기를 나누는 이 마을은 의외로 외롭다. 참으로 행복한 사람들은 남을 위로할 시간이 없는 것 같다. 빛 속에 누려야 할 행복의 시간도 촉박하다. 그러나 나는 이곳에서 슬픔뿐만 아니라 행복도 함께 나눌 수 있는 것을 알게 되었다.

옥천의 매 순간 매 순간이 사실은 눈에 보이지 않는다. 행복을 이해하지 못하는 사람은 아무것도 보지 못할 수도 있다. 나는 생각한다. '사랑할 것은 영원한 것이 아니다, 우리가 사랑하여야 할 것은 지나가 버리는 것이다'라고.

옥천 사람들은 스스로 잘난 척을 하지 않는다. 그들의 몸짓, 그들의 웃음이 그 모두를 말한다. 나는 옥천에서 수시로 막연히 나의 육체, 나의 감각이 나무랄 데 없는 풍경과 기후에 저항을 느낀다. 까닭은 작은 이곳에서 나의 마음은 쉬 안정되지 않기 때문이다. 이

얄궂은 저항감이 아마도 내가 느끼는 행복의 충격이 아닐까 생각
한다.

물기 있는 행복이다.

옥천댁

아침부터 전화 벨소리가 요란하다. 설거지를 하다 말고 급히 달려 나왔다. 친구의 목소리가 반갑지 않다. 잊을 만하면 전화를 걸어 나의 심기를 건드린다. 웃음 섞인 사투리로 '옥천댁'이라 놀려대는 친구는 신이 난 모양이다. 한 번도 아니고 연거푸 세 번이나 놀려대듯 "옥천댁"을 불러대는 친구에게 기분이 상하려 한다.

이곳으로 내려 온 지 여러 해가 지났다. 복잡한 도시를 떠나 한가롭고 낭만적인 전원생활을 꿈꾸며 아이들과 지도를 펴 보았던 기억이 아직도 생생하다. 우리들은 지도 한가운데 위치한 옥천을 발견하고는 운명을 믿기라도 하듯 부푼 기대를 안고 내려왔다. 옥천 톨게이트를 빠져나와 시내와 바로 연결되는 옥천읍은 사방이 산으로 둘러 싸여있고 낮은 집들이 모여 있는 아담하고 정겨운 시골의 풍경이었다.

이삿짐을 정리하고 난 후, 들뜬 기분으로 아이들을 데리고 택시에 올랐다. 기사님께 "옥천 시내 구경 좀 시켜주세요"라고 첫 마디를 건네자 말도 없이 피식 웃으신다. 느린 속도로 채 십 분도 되지 않아 패스트푸드점이 있는 사거리를 지나쳤다. 그리고 택시는 조금 전 지나쳐 오던 길로 다시 가는 것이 아닌가! 어이없게도 우리의 시내 구경은 단 십 분 만에 끝나버리고 만 것이다. 이럴 수가! 나와 아이들은 집에 도착해 어안이 벙벙한 채 웃기만 했다.

그렇게 옥천의 생활은 시작되었다. 십여 세대가 마당을 사이에 두고 나뉘어 있는 포근한 연립주택이다. 앞으로 작은 산이 바라다 보이고 뒤로 테니스 코트장이 풍경처럼 자리하고 있는 곳. 주택 옆에 지하수를 끌어 올린 공동수도가 있어 큰 빨래는 다들 이곳에 나와서 한다. 주황색 나일론 끈으로 만든 빨랫줄이 어릴 적 기억으로 정겨움을 준다. 그 햇살 위로 편안함과 따스함이 빨래와 함께 널린 것 같아 마음 안에 행복이 들어오는 소리가 들리는 듯 했다.

이사 온 날 저녁, 우리 가족은 시루떡을 준비해 인사를 나누었다. 젊은 사람들이 이런 것도 할 줄 아냐며 다들 반갑게 대해 주셨다. 며칠 뒤, 앞집에 사는 내 또래 여자가 "우리 큰 아이와 나이가 같네요. 앞으로 잘 지내요"라는 말과 함께 둥그런 접시에 담긴 김치전을 내민다. 노란 해바라기 원피스를 입은 모습이 순박한 웃음과 잘 어울렸다. 그땐 잠깐 들어와 보라고 말하지 못했던 어설픈 서울댁이었지만 그 후로 친구가 되어 그간의 고마움을 나누는 이웃으로 지낸다.

그해 여름은 매우 분주하게 지냈다. 상추와 고추, 호박, 가지 등 제철에 농사지은 것을 누구랄 것도 없이 가져 다 주시는 통에 몸도 마음도 풍족했다. 그때만큼 많은 포도를 먹었던 때가 또 있을까 싶다. 포도송이마다 알알이 맺히는 정은 추억으로 영글고 있었다. 시고 쓴 맛이 나는 음식을 먹어도 항상 그 뒷맛이 달달했던 것이 이제 생각해보니 이웃들의 손맛 때문이지 싶다.

매달 한 번씩 갖는 반상회 날이다. 새로운 이웃을 맞는 환영회 자리로 마련된 이날은 좀처럼 기억에서 떠나지 않는다. 수돗가 옆 큰 가마솥에서는 삼계탕이 끓고, 전 부치는 소리와 배추, 상추 씻는 물소리까지 마치 잔칫집 같은 분위기를 연상케 했다. 거들 것도 없다고 하시니 미안한 마음이 들어 반장님께 수박을 준비하겠다고 말씀드렸다가 되레 핀잔만 들었다. 농사를 지어 나눠먹는 것은 당연한 일이라며 총총한 발걸음으로 앞서 가신다. 경우를 따지며 서울깍쟁이로 살았던 마음이 부끄러워 쑥스러운 웃음으로 답했다. 순간 행복감이 나를 스치며 지나간다.

가끔은 사생활이 노출되어 불편하기도 하다. 점심 모임에 갔던 장소를 퇴근해 돌아온 남편은 물론, 앞 동 아주머니도 알고 계시는 눈치다. 아마도 이곳에서 비밀은 포기해야 될 성싶다. 어디에 가든지 아는 사람 한둘은 꼭 만나게 되는 작은 동네에서 서로의 안부를 물어보는 일은 드물다. 얼굴색만 보아도 알 수 있고, 또한 하루에도 여러 번 만날 수 있으니 말이다. 정이 든다는 말을 실감하고 보니 그 따듯한 습성이 어디에든 묻어 나온다. 처음에 불편했던 마음이 이제는 그런대로 편해졌다. 누구를 만나도 새롭게 설명할 필요 없이 모든 것이 자연스럽다.

여러 해 친구도 잊고 지내온 내가 궁금했던지 몇 해 전부터 친구들이 안부를 물어온다. 나는 일일이 대꾸하지 않고 시간 내서 한번 들르라고 말한다. 그래서 찾아 온 벗이 여럿이다. 나를 보자마자 친구들의 첫마디는 한결같이 '옥천댁'이다. 눈가에 웃음을 흘리고 놀림 반 그리움 반의 말투로 턱을 요리조리 돌린다. 그러면 나는 반사적으로 "그래 나 옥천댁이야!"라고 옹골지게 대답하고는 시골의 정스러움과 여유를 입안 그득 넣어준다. 시골 아줌마가 됐을 줄 알았는데 지금도 여전하다는 친구들의 입바른 말이 어쩜 나를 지탱해 주는지도 모를 일이다. 그뿐인가. 사람 냄새가 난다며 부러운 눈빛과 솔직한 마음까지 덤으로 안겨주는 그들이다.

친구들이 매년 다녀간다. 옥천댁도 볼 겸, 다녀간 뒤로 여운이 남아 다시 오게 된다고 덧붙인다. 그렇게 이야기해 주는 벗이 고맙다. 그들을 어디로 데려갈지 행복한 고민에 휩싸인다. 우리들은 작은 둑길을 지나 옥천에서 맛좋기로 소문난 아귀찜을 입술이 뻘게지도록 먹으며 웃음보따리를 푼다. 오늘따라 서울로 돌아가는 친구들의 뒷모습이 부럽지 않다. 아마도 영원한 옥천댁으로 남아있을 나를 발견했기 때문일 것이다.

멀어져 가는 그림자 뒤로 그리움이 남겨진다.

오일장

냉장고 문을 열었다. 영락없이 야채실에선 먹다 만 채소들이 시들어 있다. 미처 장에 가지 못해 마트에서 사온 채소들이 한 번 해 먹고 남은 것들인데도 이미 싱싱함을 잃었다. 저녁 식탁에 올릴 반찬감으로 시원찮게 여겨져 고민스럽다. 바쁜 일에 쫓기다 대충 마트에서 구입해 배달시킨 물건들인데 아무래도 살 때부터 신통치 않았던 것 같다. 고개를 돌려 식탁에 있는 달력을 보니 마침 장날이다. 잘 됐다 싶어 풀썩거리며 장바구니를 들었다.

대전 근거리에 위치한 옥천에서는 5일마다 장이 열린다. 그래서 오일장이라고 부르고 다른 지역도 그 특색에 맞게 칠일장, 십일장 등이 열린다. 서울깍쟁이에게 오일장은 구경거리가 많아 재미가 쏠쏠하다. 으레 장날이면 지갑에 잔돈을 두둑이 넣어 두고 소풍가

듯 즐거운 흥얼거림으로 발걸음을 재촉한다.

재래시장엔 특유의 활기가 넘친다. 직접 키운 채소를 다듬는 할머니, 산에서 캐온 나물을 수북이 안은 아주머니, 바삭하게 튀긴 도넛을 팔고 있는 아저씨까지 구수한 사람 냄새가 물씬 풍기는 시장 통이다. 이곳에서 옛날 옛적 흙길 바닥의 장은 볼 수 없지만 넉넉한 인심만은 그대로인 것 같다. 장바닥에 넉넉한 정으로 그날 밥상은 풍성할 테니 적어도 고단한 하루를 맛있게 맞이할 수 있지 않을까 싶다.

재래시장은 입구가 정해져 있어도 사방팔방이 모두 북적거린다. 옥천장 역시 골목마다 장이 서다 보니 입구가 따로 없다. 시내 둑길을 따라 사람이 다닐 수 있는 곳이면 어디에서든 장이 열린다. 그로 인해 작은 트럭이나 자동차는 주변으로 밀려나 있다. 문명의 이기들은 물러앉고 사람이 주인이 되어 움직이는 장터에 오면 발걸음부터 느려진다. 터를 잡고 앉으면 누구랄 것도 없이 그 자리의 주인이다. 그래도 늘 엇비슷한 곳에서 할머니들을 만나는 것을 보면 무언의 질서가 여기에도 작용하는 것 같다. 종이박스 위의 갖가지 야채와 채소들을 계속 만지작거리는 손들이 태양에 반사되어 반들거린다. 그래선지 유독 야채들이 싱싱해 보인다. 내 생각 탓인지도 모른다. 허나 장에서 구입한 야채들이 마트에서 산 것들보다 분명 오래가는 것을 보면 신선도는 인정해야 할 것이다.

나의 장보기는 나름대로 순서가 있다. 먼저 입구에서부터 찬찬히 한 바퀴 둘러본다. 그 다음 자주 가는 할머니가 나와 계신지를 확인한 후, 뒤에서부터 장을 보면서 앞으로 걸어 나온다. 간혹 단골 할머니가 보이지 않으면 어디서 살까 고민하다 다음 장까지 기다린 적도 꽤 있다. 건강상의 문제가 아니라면 대부분 돌아오는 장날에 뵐 수 있어서다. 단골이 괜히 단골인가. 서로의 안부를 묻고 묻는 사이 장은 언제나 흐뭇한 풍경들로 가득 찬다.

겨울을 지낸 각종 나물들이 나와 눈을 맞추려고 안달을 떤다. 이름도 모르는 봄나물에 찰랑거리는 도토리 묵 등 수수한 풍경들이 복잡한 머리를 환기시킨다. 초등학교 소풍을 가던 날, 보물찾기를 하며 도토리를 주어 양손으로 장난했던 기억. 어릴 적 할머니의 손끝에 묻은 누룽지를 떼어 먹으며 오물거리던 기억들로 인해 갑자기 허기가 진다. 따끈한 호떡을 먹으며 두 바퀴째 돌고 있는데 한 모퉁이에 웅크리고 있는 할머니에게 자꾸 시선이 간다.

장을 서는 사람이나 장을 보는 사람들은 대부분 혼자가 아니라 무리를 이룬다. 그러니 고개를 신문지 바닥 쪽으로 잔뜩 숙이고 뭔가에 열중하시는 할머니 한 분이 눈에 들어오는 것은 당연한 일인지도 모른다. 가까이 가보니 마늘을 까고 계셨다. 흙 주름 잡힌 손에 방금 깐 마늘이 유독 뽀얗게 보인다. 아기 밥그릇만 한 대접에 소복이 쌓인 깐 마늘과 검버섯 핀 거무티티한 손을 보고 있자니 마음이 짠하다. 나는 유독 그 할머니에게 정이 간다. '할머니'라는 말만 들어도 고개가 저절로 돌아가고 마냥 주저앉아 기대고 싶은 기분이다. 손에 흙가루 검게 묻히며 마늘을 까고 계신 할머니. 혹여 마늘에 흙이라도 묻으면 사가는 이가 싫어할까 싶으신지 까기가 무섭게 연신 입으로 호호 불어대신다. 지저분하게 쌓여 있는 마늘 껍질이 미풍에 날려 흩어진다. 장날의 하루도 그렇게 지나갈 것이다.

장마당 언저리에서 맛있는 냄새가 풍겨 나오면 사람들의 말소리로 떠들썩하다. 오일장은 물건을 팔고 사는 일에 그치지 않고 오랜만에 만난 친구들과 막걸리 잔을 부딪치며 묵은 이야기들이 쏟아진다. 그뿐이랴. 장날은 정과 흥이 뒤섞여 사람 냄새를 진하게 맡을 수 있는 날이기도 하다. 장날에 사람들이 몰리는 것을 보면 물건만을 사기 위해 나온 것은 아니란 생각이 든다. 사람들과 어깨를 부딪치고 싶은 충동이 든다. 순간 사람소리, 웃음소리, 바람소리에도 훈기가 도는 것 같다. 마치 살가운 호흡으로 전해져오는 마음들이 내 마음에 그대로 들어오는 것처럼.

오일장에 정이 들면서부터 마트에서 장을 보는 일이 줄었다. 차가운 조명 속에서 으스대기라도 하듯 반듯반듯하게 진열돼 있는 마트의 물건들을 볼 때면 풍요가 가져다 준 편리함이 별것 아니라는 생각이 든다. 마트를 가면 늘 생각보다 많은 양의 물건들을 구입하게 된다. 카트에 물건들을 가득 채우고 이것저것을 구경하는 것으로 스트레스를 푼 적이 있다. 잠깐 좋은 기분에 사로잡혀 아무 생각없이 덥석덥석 물건을 사다 보면 거의 돌아와 물건을 풀 때, 후회하기 일쑤다. 버릇처럼 되어 버린 습관들로 허리가 휘청거릴 것을 알면서도 말이다.

요즘 마트에서 찬거리를 고르는 주부들의 얼굴 표정이 그다지 즐거워 보이지 않는다. 하늘 모르고 치솟는 물가 때문도 있지만 그저 일상처럼 되어버린 습관인지도 모른다. 깔끔하게 포장되어 근사하게 진열된 물건들은 그저 고르면 된다. 누가 알려주지 않아도 깨알 같은 정보로 물어볼 일도 거의 없다. 그러니 물건을 팔고 사는 일이 마치 기계의 손놀림 같아 교감을 느끼기가 매우 어렵다. 말 그대로 쇼핑이다. 마땅히 갈 곳이 없는 날이면 대형 할인매장을 찾는 사람들이 늘어나고 있다. 한곳에서 여러 가지 일들을 볼 수 있다는 장점이 있지만 얼마나 무미건조한 일인가. 카트에 타고 있는 아이의 기억에 어떤 것들이 추억될 것인지 모를 일이다. 어쩌다 아파트 엘리베이터나 주차장에서 이웃들과 마주치면 할 말이 없어 서먹해 괜한 핸드폰만 들여다보는 경우가 많다. 감정이 메말라가는 것 같다.

단골 할머니가 담아 놓은 야채 속에서 고추가 인사하듯 삐죽 나와 먼저 아는 체를 한다. 비틀어진 오이가 섞여도, 흙이 묻고 잘 정돈되지 않은 시금치일지라도 오일장에서 사는 것이 믿음직스럽다. 못생긴 야채도 아무 불평 없이 덥석덥석 집어 들면 할머니는 고맙다는 말 대신 덤으로 한 움큼을 얹어 주신다. 랩으로 포장되어 있지 않기에 덤은 할머니 맘이다. 미안한 마음이 들어 거절해도 할머니의 재빠른 손에 쥔 덤은 이미 봉투 안에 들어있다. 살아온 세월만큼이나 고집도 세신 할머니. 나를 알아보시는 눈치라 미리 준비해 온 잔돈을 계산에 맞게 셈해 드린다. 빠른 계산이 서툴기도 하지만 잔돈이 없어 쩔쩔 매는 경우를 여러 번 보았기 때문이다.

마트에서 장을 보는 것과 달리 오일장에 오면 늘 한 시간을 훌쩍 넘긴다. 장터를 벗어날 즈음에는 양손의 장바구니가 묵직하다. 장바구니 가득 사람 사는 이야기도 함께 담았다. 그래선지 양손의 무게는 고달픔으로 전해지지 않는다.

장에서 사온 물건들을 식탁에 풀어놓았다. 이내 집안에 싱싱한 기운이 감돈다. 저녁을 준비하는 내내 마음에도 평온이 깃든다. 마치 누군가와 환담을 나누다 돌아온 것 같은 기분이랄까. 답답한 마음을 덜어놓고 온 기분만은 분명하다. 오늘 저녁상에 수다스런 내 모습이 그려진다. 젓가락 부딪히는 소리와 오물거리는 입들을 상상하니 벌써 배가 불러온다.

할머니의 주름진 그 미소를 오래도록 보고 싶다.

정구치는
사람들

연푸른 잎을 흔들며 지나가는 저녁 바람이 상쾌하다. 화장기 없는 내 얼굴에도 봄 바람이 스친다. 살갗에 닿는 부드러운 감촉을 느끼며, 나는 건물 지하로 들어선다. 계단을 내려갈수록, 가사를 알아듣기조차 힘든 빠른 템포의 음악과 습한 공기가 내 몸을 휘감듯 다가온다.

헬스를 시작한 지 벌써 5년이다. 저녁마다 헬스클럽에 다니는 일은 습관처럼 굳어져버렸다. 밥 먹듯 숨 쉬듯 꾸준히 운동해야 S라인이 된다는 관장님의 말을 곧이듣는 내 또래 아줌마가 몇이나 될까? 어느새 나이만큼 몸도 중년의 넉넉함을 같이 먹었다. H라인이 된 허리와 푹 퍼진 엉덩이, 출렁거리는 팔뚝의 아우성 소리를 들으며 운동을 한다.

운동은 자주 보는 얼굴들과의 수다로 시작한다. 그것이 운동의 반을 차지하는 줄도 모르고 음악에 맞춰 발을 구른다. 얘기하기 편한 자세를 취하니 당연히 배에는 힘이 주어지지 않고 숨도 차지 않는다. 저녁을 굶은 채 지방분해 음료수를 마셔가며 열심히 운동하는 사람도 있는 반면, 나는 배가 고프면 기운이 없고 맥도 빠져 밥과 과일까지 챙겨 먹는다. 고막과 온몸을 혹사시키며 기를 쓰고 운동하는 나에게 식구들은 적게 먹고 즐기듯 운동하라고 권한다. 하지만 난 아랑곳 하지 않고 이곳으로 향한다. 오늘의 할 일을 마무리하듯이 말이다.

우리 집 베란다 오른쪽으로 정구장이 꽤나 크고 정교하게 만들어져 있다. 이곳으로 이사 온 첫해는 시끄러워 관심을 두지 않았던 정구장이 요즘 들어 부쩍 눈에 들어온다. 초록색으로 둘러싸인 코트 안에 봄꽃 같은 화사한 옷을 입고 정구치는 사람들의 모습에서 생동감이 넘쳐 나기 때문이다. 팀을 이뤄 힘차게 정구 치는 모습과 공을 향해 시원한 소리를 낼 때는 공을 치는 사람, 줍는 사람 모두에게서 만족스런 즐거움이 느껴진다. '탁' 소리를 내며 가볍게 튕기는 정구공은 하늘과 맞닿아 있는 듯 상쾌하게 들린다. 그리고 건강한 피부색과 탄력 있는 몸동작은 보는 사람의 부러움을 사기에도 충분했다.

새벽에는 노부부가 다정하게 정구를 치는 모습도 보인다. 남편은 아내가 치는 공을 연실 주어다가 다시 서브해 주고 받아준다.

지친 기색 없이 꾸준히 그리고 천천히 상대방을 기다려준다. 새벽을 가르는 정구 소리에 노부부의 잔잔한 미소가 번져 정구장 안은 어느덧 행복으로 가득 찬 공간이 된다. 더불어 바람을 타고 실려 온 이 공기는 주변으로 빠르게 퍼진다. 힘찬 기운은 창을 뚫고 안에 있는 내게까지 전달돼 기분 좋은 하루를 열어주곤 한다. 그분들은 흙 위에서 공기와 마주하며 자연을 받아들인다. 상상만으로도 가슴이 뻥 뚫리는 자유로움이 느껴진다.

사방이 막힌 답답한 헬스장에서 사람들이 내뿜는 공기를 마셔가며 운동하는 나와는 사뭇 다르다. 양옆 사람들을 사이에 두고 러닝머신에서 보이지 않는 승부 근성에 열이 올라하거나, 복잡한 기구에 의지해 씩씩거리는 나와는 분명 다른 운동을 하고 있는 것이다. 운동의 기본자세도 잊은 채 기계에 매달려 온몸으로 기를 쓴다. 자칫하면 역으로 기를 빼앗기는 경우가 되는지도 모르면서. 건강을 위한 운동인지 아니면 운동을 위한 삶인지 웰빙 바람에 운동 중독 상태인 것 같다. 여유를 갖고 여럿이 즐기면서 하는 운동이 필요하다. 자연 친화적인 정구야말로 몸과 마음 모두 건강해지는 운동이 아닐까.

얼마 전만 해도 여린 새순을 드러내는가 싶더니, 어느새 정구장을 둘러싸고 있는 나무의 잎들이 무성하다. 점점 짙어가는 이파리의 푸름에 섞여서일까. 오늘따라 라켓에 부딪는 정구공의 마찰음이 유난히 경쾌하게 들린다. 그 소리를 듣고 있으려니, 가뜩이나 부러워하던 내 마음이 가지째 흔들리는 듯하다.

나는 즐거운 상상 속으로 빠져든다. 싱그러운 새벽바람을 맞으며 정구장을 향해 힘차게 발걸음을 내딛는 나. 공을 받기 위해 이리저리 뛰어다니는 모습이 아직은 어설프기만 하다. 이런 나를 응원이라도 나왔는지 허리를 펴며 바라본 하늘엔 졸음이 가시지 않은 낮달이 살포시 떠 있다.

　봄바람으로 발걸음이 가볍다.

물빛 그리움

강물에 옥빛 그림자가 드리우면 햇빛과 마주한 물결은 은빛으로 빛난다. 강을 사이에 두고 물빛 그림자를 가진 올목마을. 이곳은 옥천군 동이면 금강 변에 위치해 있다. 철봉산자락을 타고 내려온 산등성이가 강 건너에서 보면 꼭 오리 모양을 닮았기에 붙여진 마을이름이다. 얼마 전 그곳에 초대 받은 일이 있다.

긴 강둑을 따라 금강이 흐르고 있다. 잎들이 소란대는 길을 따라 가다보면 작은 자갈들이 먼저 반긴다. 때마침 5월의 푸름이 산뿐 아니라 산을 받치고 있는 강에도 비치고 있다. 강에도 사계절이 있다는 것을 이곳에서 새삼 느끼게 된다. 그만큼 물빛이 아름답다. 강을 가로지르는 둑을 건너고 흙길을 지나 대문이 없는 집에 이르렀다. 키가 커서 잘라내야 한다는 고목은 주인만큼의 역사가 고스란히 묻어났다. '금낭화', '하늘 메발톱', '으름꽃' 등 야생화의 섬세함과 화려함에 취해 들어가는 것도 잊은 채 꽃의 이름을 묻고 또 물었다. 낮은 곳에 얌전히도 피었다. 쪼그리고 앉은 다리가 저려올 정도로 빠져들고 말았다. 기품 있고 점잖은 자태가 주인 부부와 닮은 듯하다.

나는 그때 왜 그런 질문을 했는지 잘 모르겠다. 단지 주변이 너무 좋기도 했고, 긴 강을 사이에 둔지라 장마철이 되면 강이 넘칠 거란 생각으로 실없는 말들을 했다. 그것도 초면인 노부부에게. 그런데 그 대답으로 나는 그분들의 삶을 이해할 수 있었다. 그리고는 머무는 내내 마음속에 요동치는 소리를 잊을 수 없었다.

"곧 장마가 올 텐데 길이 물속에 잠기면 어떻게 해요?"

"나는 시를 쓰고 아내는 붓을 치면 되지."

라며 웃으신다. 우리네와는 걱정거리부터가 다르다. 같은 하늘 아래에 살아도 분명 다른 세상과 만나고 있는 분이다.

교자상 위엔 색다른 음식들이 가지각색의 접시에 차려있다. 손님이 오면 일부러 세트로 된 그릇을 준비하는 것이 격식이라 여겼던 내 생각이 일순간에 깨진다. 그만큼 조화로웠다. 이곳의 풍경이 그대로 밥상에 옮겨진 것 같아 저절로 감탄사가 나온다. 갑자기 소란스러워진다. 일행 모두가 입을 모아 감탄사를 연발했으니 오죽하겠는가. 거기다 직접 산에서 캔 나물들이란다. 그야말로 자연 밥상이다. 앉고 보니 만찬이 내 눈앞에 펼쳐진다. 나물로 이처럼 화려한 밥상을 차릴 수 있다니 분명 특별한 부부인 듯하다. 처음 뵈

었을 때부터 이미 눈치 챈 일이지 않은가.

언제인지 모르게 질서 정연한 삶에 익숙해진 내게 이곳에서 느끼는 모든 것이 신선하게 다가온다. 자연스러움 속에 묻어나는 이 촉촉함을 쉽게 떨쳐버리지 못할 것 같다. 어르신이 직접 담그신 과일주에서도 그 진함이 더욱 묻어난다. 식사 내내 마음이 물처럼 흘러가는 것같이 편안하다. 난 무엇에 취한다는 말이 실감날 정도로 이곳에 푹 빠졌다. 얼마간 헤어 나오지 못할 것도 알았다. 대문이 없는 입구의 꽃과 군데군데 돌들은 일부러 만들어 놓은 것이 아닌 듯 자연스럽다. 그러기에 오히려 주변과 다정스레 어울려 앞의 강과 뒤의 산 가운데 있어도 전혀 어색하지 않다. 예부터 전해지는 차경 수법의 아름다움을 이곳 올목은 지니고 있었다.

새벽이슬이 나뭇잎에 맺히는 소리를 들을 수 있다고 하니 그 언저리 물빛이 그리 고울 수 있을 것이다. 식사를 마치고 산 위에 마련된 아담한 황토방으로 자리를 옮겼다. 바람이 길을 만들어 놓은 것 같은 곳이다. 중턱에 있는 소나무가 한 쪽으로 기울어 있다. 일행 중 누군가가 기울지 않았다면 기막힌 소나무라고 너스레를 떨자 쨍쨍한 목소리가 들린다. 그 그늘로 작은 쉼터가 되니 더욱 좋다는 주인의 말이다. 세상은 바라보는 사람의 관점에 따라 이토록 다를 수 있다. 멋진 분들이다. 아궁이에는 장작이 수북이 쌓여있고 그 위로 나있는 작은 창문이 정겹다. 방 안에서 바라본 올목강은 더 멀고 깊게 느껴진다. 마치 물빛 그리움 같았다. 산 아래 또 다른 산이 강에서 만나 흐른다. 서로를 보면서도 닿을 수 없기에 그토록 아름다울 수 있지 싶다.

　살다보면 마음 둘 곳 없어 몸치장 마음 치장으로 기운을 쏟은 적이 많다. 작은 꽃과 나물조차도 자기만의 자리에서 이름 없이 자라나고 있다. 하물며 우리에게도 마음이란 자리가 어디엔들 없겠는가. 등나무에 앉아 하늘을 바라보았다. 꽃잎이 바람에 흩날려 머리 위에 떨어진다. 난 그것을 몸의 일부인 양 받아들이고 향기에 취했다. 미소 띤 얼굴 뒤에 숨어 있는 가식이 사라지는 순간이다. 어둠이 차고 물소리가 커질 때쯤 낮 동안 받은 열기를 작은 자갈들이 내뿜고 있었다. 받은 것을 돌려주는 인정이 곳곳에서 묻어나오고 있다. 자연에게서도, 올목 사람에게서도…….

　지금쯤 올목은 주인도 모르게 피어나는 야생화가 한창이다. 등나무 아래로 소리 없이 떨어지는 꽃들이 바람과 함께 날린다. 그 사이로 자갈에 부딪쳐 반사되는 하늘이 긴 목을 드리우고 물결 위로 퍼진다. 어찌 보면 우리는 같은 하늘 아래 살면서 각기 다른 삶을 살고 있는지 모른다. 때로는 무엇으로부터 숨어 지내는지도 모를 일이다. 자기 자리를 지키기보단 제자리를 찾는 것에 애쓰는 삶이 더 편치 싶다.

　꽃씨가 바람에 날려 자리 잡으면 다음 해 어느 곳에서든 꽃이 피어 아름답다. 내 마음의 꽃씨도 누군가의 마음에 뿌려져 꽃처럼 필 수 있다면…….

옥천바라기

세상에 생겨나는 것들은 거의 뿌리로부터 시작된다. 나무의 나이테가 우리에게 가르치는 것은 나무는 겨울에도 자란다는 사실이다. 더 단단한 줄기를 만들어 여린 잎들에게 꽃을 보낸다. 피고 지는 꽃의 뿌리가 왠지 사람과 닮아 있다는 생각을 해본다. 때론 삶의 뿌리가 무엇인지 모르겠다.

내 고향은 옥천이 아니다. 제2의 고향이라는 것이 더 어울리는 서울토박이다. 이곳에서 십수 년을 살다보니 태어난 뿌리는 고향에 닿아 있을지라도 삶의 뿌리는 이곳에 박혀있다. 내가 손수 박은 것이 아니라 무엇에게 정해져 박혔다는 말이 맞을 것 같다. 순간

정지용 시인의 시 〈유리창〉의 한 구절이 떠오른다. "물먹은 별이, 반짝, 보석처럼 박힌다." 지금도 어디선가 빛날 것만 같아 하늘을 올려다본다. 시인은 동심의 마음으로 밤하늘에 총총한 별의 이미지를 정말 근사하게 표현했다. 내게도 옥천은 그렇게 박힌 듯하다. 언제부터인지 이곳의 햇빛과 물빛, 그리고 달빛이 천천히 내 삶의 뿌리로 박혔다. 지금도 여전히 무엇으로부터 박히고 있는지도 모른다.

5월의 눈부신 햇살에 계절이 무르익어 간다. 숲으로 둘러싸인 고요한 강에 신록이 움트기 시작하자 투명한 수채화 한 폭이 눈앞에 아른거리며 펼쳐진다. 금강의 흔적을 간직한 옥천은 이름에 내 천(川)이라는 한자를 감히 쓸 만큼 물빛이 아름다운 고을이다. 옥천은 충청북도 끝자락 금강줄기에 닿아 있다. 시인 정지용이 옥천을 "넓은 벌 동쪽 끝으로 옛 이야기 지즐대는 실개천이 흐르고/ 얼룩배기 황소가 게으른 울음을 우는 곳"이라 읊던 곳이다. 모두의 고향처럼 그때 옥천 마을 이야기가 밤하늘에 별만큼이나 많은 곳이었다.

옥천의 올목에 아침이 밝아오면 숲에는 생기가 감돌고 금강이 깨어난다. 수면에 피어오른 물안개 사이로 짙은 초록의 나무가 자태를 드러내고 봄바람에 물안개가 걷히고 나면 파스텔톤의 반영이 은은하게 드리운다. 봄이 내준 아련한 풍경은 숲에서 뿜어내는 고아한 향기와 강물 소리로 싱싱한 계절을 만든다. 계절이 지나는 것이 아쉬운 나무는 늦장을 피운다. 우직하게 지낸 날들, 단단하게 뭉친

침묵을 깨고 솟구치는 봄빛에 마침내 붉게 번져 나갈 채비를 한다. 나무와 꽃은 서로 기운을 북돋우며 순차적으로, 때론 앞지르며 재빠르게 조화로운 풍경을 만들어 간다.

그리고 달빛이 감도는 밤은 높고 각진 도시와는 사뭇 다른 풍경이다. 옛날의 흔적이 사뿐하고 둥실한 곡선의 산들로 남아 있어 옥천은 달의 그윽한 분위기와 빼어나게 어울린다. '구읍'을 걷다보면 옛 정경을 수시로 맞닥뜨리곤 한다. 정미소와 우체국 간판이 아직 그대로 남아있어 긴 시간 동안 사람들이 지나간 흔적이 밟힌다. 과연 우리가 그곳에서 뭔가를 해 주었을까 싶다. 옛날 이곳에서 살던 사람들은 땅으로 돌아가 말이 없고, 대신 오래된 집터와 나무가 옥천의 시절을 웅변해 주는 것만 같다.

자연은 언제나 변함없이 한결같다. 동시에 자연은 보는 사람마다 다르게 느껴지기도 하다. 그것은 있는 그대로의 자연을 향유하는 자의 몫이다. 나는 지금 여기, 옥천에 있다. 나를 둘러싼 것들이 아직 뿌리를 박지 못해 흔들거릴 때가 많다. 간혹 무언가에 걸려 넘어지는 경우도 부지기수다. 그렇다고 소심해지지 않으련다. 길을 걷다 보면 만나고 만나다 보면 알게 될 것을, 답을 찾으려 애쓰고 싶지 않다. 그저 금강이 흘러가는 물빛 언저리에서, 달빛 맞으며 빛을 안고 있는 사람 곁에 머물고 싶을 뿐이다.

해의 그림자가 길다. 자동차 핸들을 금강 유원지로 틀었다. 오후 3시를 넘어서자 양옆의 플라타너스들이 여신처럼 춤을 춘다. 금강에 빛이 박히는 찰나를 놓치고 싶지 않아 서둘렀다. 삶이 끌어올린 햇빛과 물빛, 그리고 달빛으로 나는 숨 쉬고 살며 뿌리를 내린다.
무수한 별이 사라지지 않는 한 나의 옥천바라기는 계속될 것이다.

자연이 그린 그림은 결코 과하지 않다.

향수
100리 길

포도 알이 영그는 계절, 옥천 향수100리 길에서 정지용 시인의 '향수'를 되뇌며 녹색여행을 시작했다.

넓은 벌 동쪽 끝으로/ 옛이야기 지줄대는 실개천이 휘돌아 나가고/
얼룩백이 황소가/ 해설피 금빛 게으른 울음을 우는 곳./
그곳이 차마 꿈엔들 잊힐 리야.

정지용 시인의 〈향수〉를 읽으면 고향생각에 눈시울이 붉어진다. 식구와도 같았던 누런 황소와 그 곁을 지키시는 아버지의 움푹 팬 주름살도 생각난다. 옥천 향수100리 길은 자전거 마니아들에게 소문난 코스다. 맑고 화창한 날 드라이브에 나서도 제격이다. 이 길에서 향수에 젖어보는 것도 길 위에서 만나는 행복 중의 하나이지 싶다.

향수길은 정지용 생가, 문학관을 시작으로 이어진다. 종전 향수 30리 길과 금강 길을 합쳐 만든 향수100리 길은 금빛 물결 너머 가슴 푸근한 풍경을 따라가는 정겨운 고향 길이다. 정지용 생가를 출발해 장계관광지, 안남면, 금강 변, 금강 휴게소 등을 거쳐 출발 지점으로 돌아오는 50.6㎞ 거리로 특별히 위험하거나 어려운 구간은 없다. 그 금강 변을 따라가자면 낭만적 정취에 흠뻑 빠진다. 푸른 하늘이 손을 들어 반기고 잎들 사이사이로 보석처럼 빛나는 금빛너울을 만나기 때문이다.

첫 코스는 정지용 생가에서 장계관광지에 이르는 향수30리 길이다. 옛 국도를 달리는 향수길은 아름드리 벚나무 터널로 이루어져 있어 녹음이 무성하다. 벚꽃이 피는 봄이면 꽃비를 기대해 볼 만하다. 작은 홍차 가게에서 잠시 쉬어가는 것도 추억에 보태진다. 그리고 장계관광지에서 '멋진 신세계'라는 조형물을 접하게 된다. '멋진 신세계'는 옥천의 구읍 정지용 생가에서 장계관광지를 잇는 아트벨트 30리길을 이르는 말이며, 이미 오래 방치되어 사람들에게 잊힌 장계관광지의 새로운 이름이기도 하다.

'멋진 신세계'는 정지용의 시세계를 공간적으로 해석한 공공예술 프로젝트로 문화 예술을 통한 지역재생 및 발전을 위한 새로운 모색으로 실행되었다. '향수30리-멋진 신세계'라는 옥천의 멋진 문화예술브랜드로 재탄생시킨 것이다. 장계관광지는 1980년대 조성된 유원지로 낡은 놀이시설과 공원으로 방치되었던 것을 기존의 건물과 놀이시설들을 재활용하여 시인과 아티스트가 꿈꾸고 주민이 만들어가는 멋진 신세계를 열었다. 그 안으로 조금 들어가면 아름다운 산책로를 만나게 된다. 대청호의 자연을 배경으로 주옥 같은 시를 감상할 수 있는 '일곱걸음산책로'로 대청호반에 조성해 놓은 산책로이다. 이 길가에는 가로수와 함께 시비와 시를 담은 조각품, 특이한 소재의 시가 새겨진 조형작품 등이 세워져 눈길을 끈다.

이 모두가 특별한 추억을 가지고 갈 수 있는 산책공간이다. 한가로이 호숫가를 산책하면서 사색에 잠겨 보는 것도, 고요한 수면을 바라보며 걷는 것도 좋다. 마냥 벤치에 앉아 호수를 바라보는 것만으로도 행복한 시간을 가질 수 있는 아름다운 곳이다. 벤치에 새겨진 시 구절을 낭송해 보는 여유를 가진다면 누구나 시인이 되지 않을까.

향수100리 길을 가다보면 그냥 지나칠 수 없는 풍광들이 또 있다. 특히 자전거 여행 중 만날 수 있는 아름드리나무들. 느티나무, 참나무, 소나무 등등 노거수가 마을의 역사를 웅변하는 듯하다. 예전에 울창했던 숲들은 마을이 개발된 후 오염으로 고사된 나무가 많아졌다는 이장님의 말씀을 들을 수 있었다. 그러고 보니 군데군데 힘겹게 서 있는 앙상한 나무들이 눈에 들어온다. 그 느티나무 옆을 지키고 있는 돌무더기 석탑도 삶의 퇴석층처럼 쌓여 있다. 옥천은 지금도 매년 정월 대보름에는 마을의 안녕을 기원하는 탑제를 마을 사람들이 함께 모여 지낸다.

어릴 적 비어 있는 나무 밑동에 들어가 놀기도 하고 나무 등에 타기도 했던 기억이 절로 난다. 나무 가지에 그네를 매달아 놓고 놀았던 적도 있다. 지금 비어있던 밑동은 메워지고 그네가 메어있던 가지는 지지대가 받치고 있다. 마을 입구를 지키는 노송, 그 옆에 작은 정자, 그리고 건너편에 작은 슈퍼가 그려진다. 정자에는 마을 어른들이 장기를 두거나 막걸리잔 부딪히는 소리가 들리는 것 같다. 외지 손님이나 나그네의 목을 축일 수 있게 해주는 인정스런 장소. 지금도 운 좋으면 그런 광경을 만날 수 있기에 이 길은 누구에게나 향수를 불러일으키는 길이지 싶다.

외지 사람들이 자전거 타고 와서 쉬었다 가도 되겠냐는 물음에 이장님의 대답은 글로벌하시다.

"반대는 없어유. 여기는 뭐 대한국민, 전 세계인이 와서 쉴 수 있는 그런 자리인께."

옥천 향수100리 길 여행에서 빠질 수 없는 것은 음식이다. 가장 인기 있는 메뉴 중 하나는 금강에서 잡히는 작은 생선을 이용한 도리뱅뱅이 요리이다. 무더운 여름 100리 길 종주를 마치고 시원한 옥천냉면 한 그릇 후루룩 들이키면 피로가 싹 물러난다. 민물고기 생선국수도 별미이다.

여행하는 지역의 역사문화, 자연을 이해하고 지역의 먹을거리를 소비하는 것. 여행을 하면서 현지인과 소통하고 환경을 생각하는 것. 이것이 녹색여행이다. 이런 여행의 시작을 옥천 향수길에서 경험해본다면 그 또한 행복한 일이지 싶다.

  흙에서 자란 내 마음/ 파아란 하늘 빛이 그립어/

  함부로 쏜 화살을 찾으려/ 풀섶 이슬에 함추름 휘적시든 곳./

  그곳이 차마 꿈엔들 잊힐 리야.

  옥천에는 파란 하늘빛이 그리운 누군가를 그리워 했나보다. 금강
상류의 강줄기가 옥빛으로 빛나고 있다.

금강 휴게소

마냥 꽃밭을 어정거리고 싶을 때가 있다.
마음 가는 때가 늘어가면서 나는 스스로 나이 먹었음을 깨닫는 때
가 많다. 어찌 생각하면 소란한 마음을 되도록 멀리 두고 싶은 심
정에서 온 버릇인지도 모른다. 마음 가는 곳에서는 더욱 그러하다.
우리 부부는 한 달에 서너 번, 금강 휴게소로 향한다. 여행 중 들르
는 곳이 아닌 그냥 마음 내키면 주저 없이 간다. 문득 남편에게 "또
금강 휴게소"냐고 말했더니, 심히 못마땅한 눈치다. 어딘지 모르게
답답한 심정인 것 같다.

　주말 아침 잔잔한 비, 금강의 부름을 받은 듯 차를 몰았다. 금강
휴게소 전망 데크에 서면 금강유원지가 한눈에 들어온다. 그 풍경
속 험준한 산자락을 적시며 흐르는 금강을 라바댐이 막고 있는 것
을 볼 수 있다. 경관을 해쳐가면서까지 이 댐을 만든 이유는 발전
소가 필요했기 때문이다. 금강 휴게소가 자리한 곳은 옥천군 동이

면 조령리. 이곳은 옥천의 오지였던 강마을이었다. 자연경관이 좋아 휴게소를 설치했지만 험준한 산세 때문에 휴게소에서 사용할 전기를 끌어 올 수 없었던 게 이유다.

이곳에 설치된 수력발전소는 여분의 전기를 조령리와 금강유원지 인근 마을에 공급하고 있다. 고속도로휴게소와 수력발전소의 건설로 금강유원지의 자연경관은 많은 변화를 겪었지만 유원지 주변 마을 사람들의 삶의 질도 높여 주었다. 자연과 인공이 서로 상생하는 아름다운 곳이라 여겨지니 그 풍광이 고스란히 전해지는 듯 한결 강바람이 신선하다.

금강유원지의 잠수교 구실을 하고 있는 라바댐을 건너면 아름다운 강마을에 쉽게 이를 수 있다. 강변길이 시작되는 이곳에 서면 옥천의 강촌 속으로 빠져든다. 금강 언저리에 둥지를 튼 강마을을 거치기 전 포장마차는 필수코스다. 주인 부부의 푸짐한 인심과 금강, 그 언저리의 산 그리고 들, 이 모든 것이 어우러져 변화무쌍한 가경을 자아내기 때문이다. 그러니 그 옆에 나란한 포장마차를 어찌 그냥 지나칠 수 있겠는가.

우리 부부의 단골집이다. 이름 없는 포장마차란 사실에 비해 음식의 맛과 주인의 정스러움, 게다가 주변의 경관과 어우러짐이 그만이다. 나는 아쉬운 대로 '금빛너울'이라 부른다. 주인 부부도 싫지 않은 눈치다. 철 따라 산새를 보고, 느끼고, 감동받고, 때로는 자연과 나란히 서서 행복을 견주어 보기도 하고 그저 강을 유심히 바라보기도 한다. 이 금강이 계속 흐르는 것을 보면 나는 나 떠난

뒤에도 이 강은 쉬지 않고 흐를 것을 생각한다.

　고독감이 밀려온다. 그래선지 이곳에 오면 왠지 사람들이 그리워진다. 이곳의 별미는 주인이 직접 잡은 물고기로 요리한 도리뱅뱅이와 빙어튀김, 민물매운탕이 최고다. 떠날 때까지 강변을 잠시라도 벗어나지 않기에 그 분위기는 더할 나위 없이 좋다. 수확 철이면 직접 지은 농산물도 살 수 있다. 거저 가져가는 거나 매한가지. 암튼 마음 가득 무엇이 들어오는 느낌을 떨쳐버리기 어려운 곳임에는 틀림없다.

　배를 채우고 휴게소에서 커피를 뽑아 다시 내려온다. 강변길을 따라 걸으면 급할 것이 없다. 유유자적 풍경을 즐기며 느리게 마을과 마을을 잇는 길을 걷노라면 행복하지 않을 수 없다. 느리게 걸으면 길 위에서 만나는 모든 것이 나에게 말을 걸어온다. 그리고 길은, 아름다운 강마을과 그곳의 숨은 이야기를 들려주는 다정한 친구가 되어 주기도 한다.

　금강 언저리에 둥지를 튼 금강 휴게소는 옥천의 하늘아래 숨바꼭질 하듯 산속에 숨어 있는 자연의 빛에 닿아 있다. 그 지점에 이르면 태곳적 신비를 간직한 달빛이 은은하게 소나무에 걸린다. 구태여 강은 건너지 않아도 마주치지 않아도 된다. 길목 식당에서 점심식사와 함께 휴식을 취한 다음 시작되는 강변길에서 강마을 정취에 흠뻑 빠져보는 것도 좋다.

　금강 휴게소에서는 휴게소를 벗어나지 않고 지역민이 운영하는 음식점을 이용할 수 있다. 이곳의 풍광은 흐르는 강물 따라 길도 같이 흐르며 여행자의 갈 길을 돕는다. 이곳에 서면, 금강이 옥천의 깊은 산골을 따라 휘어 돌아 아득히 멀어져 가는 아름다운 풍경이 펼쳐진다. 또한 옥천의 크고 작은 산들을 한눈에 조망할 수 있다.

금강에 아침 햇살이 늦게 찾아오면 어떤가. 대신 해가 서산 너머로 질 때까지 온종일 볕이 비춰 금빛너울을 만드니 이 또한 좋다. 마음속에 그윽한 풍경 하나 담고 강변을 다시 걸으면 수줍은 색시처럼 산모퉁이 돌아든 곳에 숨어 있는 추억을 발견할 것만 같다. 금강이 급하게 북동으로 휘어 도는 물길을 따라 간다. 길옆 산자락은 급히 내려와 급류를 받아 내느라 모래톱 하나 없지만 강 건너는 금빛모래 반짝이는 강촌의 정경이 포근하다.

강마을 정취를, 유장하게 흐르는 금강의 여유로움을 즐기다 보면 어느새 해가 기운다. 사람들과 대화, 햇빛과 물빛을 이야기하고, 바라보고, 마치 유년 시절 할머니가 나의 등을 토닥거리는 것 같은 행복감에 감긴다. 오늘도 금강 휴게소 강물에 금빛이 제법 너울거린다.

나는 이 여름을 살고 있다.

마당

이맘때면 곱게 핀 야생화로 마당 넓은 집은 봄꽃의 향연이다. 정지용 생가에서 그리 멀지 않은 곳에 전통 생활 문화를 체험할 수 있는 '춘추 민속관'이 있다. 그곳에서는 가을이 되면 매달 넷째 금요일 저녁에 작은 음악회가 열린다. 지난해 다녀온 기억을 되살려 동인지에 글을 실었는데, 그곳 주인에게서 연락이 왔다. 고맙다는 인사와 함께 고택 밀주가 잘 익었으니 지나가다 시간이 되면 꼭 들르란다. 순간 수화기를 타고 흐르는 음성이 나를 지난 초가을로 데려다 놓았다. 지인의 초대로 '한옥 마실 가는 날' 음악회를 다녀온 감흥은 쉬이 잊히지 않는다.

이 고택의 유래는 200년을 거슬러 올라간다. 귀중한 민속자료로 그 가치를 인정받아 복원되어 옛 모습을 되살리게 되었다. 본래의

규모는 알 수 없으나 현재 우물 정(井)자의 안채와 별채, 곳간과 뒷
간 49칸이 보존되어 있다. 또한 마당에는 정승집의 상징인 회화나
무가 고고한 역사를 말해주고 있다. 회화나무는 나무의 뻗는 모습
이 제멋대로라서 학자의 기개를 상징한다고 하여 일명 선비나무라
고도 불린다. 수백 년의 세월 동안 숨 쉬고 있으며 선비의 절개와
기개를 초연히 드러내기도 하고, 별로 꾸미지 않은 모습인 듯 겸양
을 품고 있기도 하다. 전해 오는 말에 의하면 야인 시절의 흥선 대
원군이 자주 머물렀다고 한다.

우선 집터가 넓고 시원하다. 널따란 정원석 위에 호박고지가 얹
혀있고, 평상에는 가지며 무말랭이, 누룽지 등이 따사로운 가을 햇
볕을 받고 있다. 안주인은 집 마당에서 캔 민들레와 목단 뿌리로
조청을 고아내고 남편은 선비 춤을 춘다. 음악회가 열리는 날이면
이곳은 대낮부터 잔치 분위기다. 공연은 뒷전에 두고 동네 마실 나
온 듯 어른들이 삼삼오오 모여들어 자리한다. 주인의 인심은 넉넉
하여 주문 없이 김치전과 막걸리를 내어 온다. 한옥은 조용히 그
소리들을 낮은 담장을 통해 담아내고 전해주고 있다. 이곳에서 동
네 할머니들은 옛날식 국수를 뽑고 철판 위에선 녹두 빈대떡이 지
글거린다. 옛 정취 가득한 옥천의 복합문화공간이다.

이날 공연은 예술·문화 관계자와 주민 100여 명이 한데 어우러져
음악이 흐르는 공간에서 초가을 밤의 정취를 만끽하는 자리였다.
조각달과 오색 등이 영롱한 회화나무 아래의 공연무대는 지역의 전
통문화를 함께 즐기려는 주민들과 함께 전통예술 속으로의 동화됨

을 보였다. 달빛이 내려앉고 있는 회화나무 아래에서는 낭랑한 어조로 울린 시낭송과 예술단체의 발레, 즉흥무 등이 펼쳐졌다. 고전무용과 선비 춤의 명인인 주인장의 전통춤 한 자락이 공연의 대미를 장식하고 나면 술잔 부딪치는 소리에 한옥은 북새통을 이룬다.

한옥은 여러 건물로 이루어져 있고 마당을 에워싸면서 전체적인 공간을 이룬다. 한옥의 큰 특징은 '마당'이라는 비어 있는 공간을 중심으로 있다. 이런 점에서 마당은 또 다른 방의 역할을 한다. 집안의 대소가 모두 마당에서 시작되고 마무리된다 해도 과언이 아니다. 하늘이 천장인 마당은 대문도 없어 열린 공간을 만들어 준다. 한옥의 방들은 작지만, 비어 있는 또 하나의 방인 마당이 있기 때문에 오히려 여유롭다. 무엇이든지 담을 수 있기에 그 자체로도 훌륭하다. 그러기에 이곳 음악회는 화려한 무대장치가 없이도 자연을 고스란히 담아내어 특별한 자리를 만들어준다.

이곳에서 찹쌀 누룩으로 만드는 고택 밀주의 맛은 일품이다. 은근히 알싸하고 달달한 맛에 도토리묵과 빈대떡을 안주로 먹으면, 세상 부러울 것 하나 없다. 옆에 앉은 사람의 어깨가 부딪혀도 발등을 밟고 지나가는 일이 있어도 허허 웃음소리만 커질 뿐 낯 붉히는 사람은 보기 드물다. 한낮의 태양이 머물다간 돌 마루는 지나가는 객의 엉덩이를 데우는 따스함까지 선물하면 한옥은 달빛 따라 환한 배웅을 준비한다. 때론 마당과 같이 주변 사람들을 사심 없이 마음에 담고 따뜻하게 되돌려 줄 수 있으면 하는 바람도 가져본다.

작은 만남이 소중한 인연으로 이어진다. 전통 민속공연을 감상하고 토속음식과 마을 사람들의 따뜻한 인정을 함께 나눌 수 있는 특별한 문화 공간이 있다는 것은 마음 뿌듯한 일이다. 작은 것을 중요시하고 가꿔나가면 그것이 곧 원동력이 되어 독특한 지역문화를 창출하고 발전시켜 나갈 것이다. 또한 다른 지방과도 차별화되는 지역문화를 만들어 나갈 수 있기에 부족함이 없다.

지금쯤 고풍스런 사립문을 활짝 열고 들어가면 질경이가 뿌려져 있는 돌다리와 만난다. 어릴 적 학교를 오가며 친구들과 사시사철을 두고 놀던 돌다리의 추억이 묻어나는 곳. 마당이 펼쳐진 곳을 지나면 겹겹이 문을 따라 안채의 전경이 눈에 선하다. 우물에서 퍼 올린 물은 청량한 소리로 바람을 만들어 한옥의 정적을 깬다. 한옥이 만들어준 작은 인연에서 삶의 여유를 배운다.

마음은 벌써 회화나무가 연녹색으로 물들이고 있는 마당에 와 있다. 올해는 6월부터 한옥 마실 음악회가 열린다고 하니 마음이 바빠진다. 그전에 입소문도 내야 하지만 우선 급한 대로 걸쭉하게 맛이 든 고택 밀주를 맛보는 즐거움을 놓칠 수 없다. 내 마음의 잔치는 마당의 돌 마루처럼 곳곳에 자리 잡아 벌써부터 요란을 떨기 시작한다.

한옥 마실 가는 날이면 울렁이던 그리움.

2부

―――――

식탁

어머니의 누룽지

전기밥솥이 요란하게 기차 소리를 낸다. 그 소리가 잠잠해지는가 싶더니 이번에는 김빠지는 소리가 더 요란하다. 잠시 후, 임무 완료의 삐삐 신호도 보낸다. 밥솥에 감자를 넣었더니 더 시끄러운 것 같다. 여름 간식의 일등 공신인 분감자를 껍질째 넣어 찜 메뉴를 설정해 놓았던 것이다. 밥솥 뚜껑을 열어보니 마치 가마솥에 찐 것처럼 감자 밑이 노랗다. 시어머니와 아이들의 환한 얼굴이 절로 떠오른다. 노릇하게 쪄진 감자에서 김이 모락모락 올라온다. 그릇에 담고 보니 어릴 때 감자와 같이 먹었던 누룽지 생각이 절로 난다.

종갓집 맏며느리인 어머니는 열 식구나 되는 집안 살림을 어려운 내색 없이 척척 해내셨다. 아침에 여러 상을 차려야 했던 어머니의 부엌은 늘 부산스러웠다. 솥뚜껑 소리, 국 끓는 소리에 아궁이 속

생선까지 그야말로 부뚜막 전쟁이다. 할아버지와 아버지의 겸상과, 할머니와 오빠의 상, 그리고 나머지 식구들의 상을 동시에 차리곤 하셨으니 그 번거로움은 이만저만이 아니었을 것이다. 요즘에 비하면 짐작도 하기 어려운 부엌의 풍경이다. 그뿐인가. 밥상을 들여놓고도 뒷일에 밀린 어머니는 식구들과 식사도 못하셨다. 엄마의 충실한 심부름꾼이었던 나도 늘 뒤늦게 밥상에 앉곤 했다.

마루와 연결된 부엌은 두 계단 아래에 있어서 나는 항상 그곳에 쪼그리고 앉아 어머니 심부름을 기다렸다. 큰 눈을 껌벅대며 심부름을 기다리던 내게 어머니는 솥뚜껑을 살짝 열고 뽀얀 김이 나는 노란 감자를 슬쩍 건네주시곤 하셨다. 그리곤 숭늉을 만드시기 위해 양은 주걱으로 누룽지를 박박 긁어대신다. 누룽지는 넓은 바깥쪽에서 돌돌 말려 안으로 조금씩 들어오다가 어느 순간 그 모양새가 꽃으로 변신한다. 중간에 한번 끊어지면 둥글던 원이 비 맞은 호박꽃같이 축 늘어진다. 하지만 어머니는 거의 실수 없이 몇 번의 손놀림으로 누룽지 꽃을 마무리하신다. 아래서 낮게 한 번, 위에서 부드럽게 한 번, 어머니의 날랜 솜씨는 늘 보아도 신기하다. 그중에서 촉촉하고 부드러운 가운데 누룽지를 한 손으로 꾹 눌러 눈 맞춤 없이 슬쩍 내게 주신다. 언제라도 그것은 특별한 뇌물처럼 은밀한 즐거움을 주었다.

식구들이 모인 자리에 먹을 것을 내 놓으시곤 먼저 드신 적이 없던 어머니. 그건 바로 가족이란 이름의 사랑이었지 싶다. 어머니의 마음과 함께 내게 온 누룽지는 그 시절 백 원 하던 색 고운 눈깔사

탕보다 더 맛있는 군것질이었다. 그뿐만이 아니다. 학교를 마치고 집에 돌아오면 튀겨낸 말린 누룽지 위에 설탕이 솔솔 뿌려진 누룽지 과자가 기다리고 있었다. 아삭아삭 고소한 맛은 달콤함이 더해져서 최고의 간식거리였다. 그 순간들은 언제 떠올려도 마음이 따스해지는 행복감으로 피어난다.

엄마의 부엌을 추억하노라면 빠뜨릴 수 없는 것이 도시락 전쟁이다. 육 남매의 도시락을 준비하시는 어머니의 손놀림은 가히 장인의 수준이었다. 매일 도시락 반찬을 걱정하시는 어머니에게 오빠와 언니들은 또 김치와 콩장이냐고 투정을 부렸다. 그때마다 어머니는 아무런 대꾸 없이 고개만 숙이신 채 다른 일에 열중하신다. 일부러 못 들은 척하신 것이다. 이는 변변치 못한 반찬 때문에 우리에게 미안한 마음이 들어서였다고 훗날 내게 두고두고 말씀하셨다. 나는 엄마의 마음을 몰라주고 불평하던 언니 오빠들이 미웠다. 막내지만 엄마의 심부름을 도맡아 하다 보니 어느새 누구보다 엄마 편이 되어 있었는지 모른다. 도시락과 함께 순서대로 받는 것은 준비물 살 돈이다. 막내인 내 차례가 오면 어머니의 얼굴이 붉어지신다. 언니 오빠들에게 나누어주고 나면 엄마의 손은 빈손이다. 철부지였음에도 나는 아무 말도 하지 못하고 나온 일이 많았다.

어느 해 가을날이었던 것으로 기억된다. 어머니의 부엌에서 작은 도난 사고가 일어났다. 모두가 다 아는 어머니의 비상금 장소는 부엌 찬장 이 층 사기 밥 그릇 겹쳐 놓은 자리다. 내 월사금으로 놓아둔 돈이 그날 아침 사라진 것이다. 나는 아무 말도 못하고 소리

없이 눈물만 흘렸다. 평상시 화내는 일이 없으셨던 어머니는 둘째 언니를 다그치셨다. 한바탕 소란이 지나가고 잠시 후 어머니는 내게 말없이 월사금 대신 도시락만 건네주셨다. 난 그냥 울음만 삼켰다. 그리고 점심시간에 도시락을 여는 순간 눈시울이 붉어졌다. 도시락 바닥에 계란프라이가 깔려 있었기 때문이다. 그것은 어머니의 마음이었다. 난 막내지만 어머니의 마음을 잘 헤아렸던 것 같다. 거기에는 남몰래 건네주시던 누룽지도 크게 한몫 했다.

그러나 그 후로도 어머니의 비상금 장소는 바뀌지 않았다. 궁금해서 묻는 내게 말없이 웃음만 지으실 뿐 아무 대답도 들을 수 없었다. 그때는 이해하기가 어려웠으나 이젠 어렴풋이 비상금 장소를 바꾸지 않으셨던 어머니 마음을 헤아리게 된다.

막내딸인 내가 홀시어머니 외아들에게 시집을 간 후, 어머니는 항시 걱정을 하셨다. 나는 딸만 둘을 낳아 어머니의 근심을 더 보태는 신세가 되었다. 게다가 오랜 지병으로 고생하시는 시어머니를 모시고 사는 막내딸이 어찌 걱정되지 않았을까. 겨울이 되면 어머니가 보내주신 김장김치가 마치 어머니 마음같이 느껴진다.

나는 아침마다 밥상을 세 번 차린다. 아침 시간이 급한 아이들이 가장 먼저다. 다음으로 시어머니 밥상 마지막은 밥이 보약이라 여기는 남편의 밥상이다. 늦은 시간, 혼자 밥을 먹을 때면 어릴 적 부엌이 떠오른다. 식구들 뒷바라지에 분주하셨을 어머니보다 분명 나는 편하다. 헌데 외롭다는 생각이 자꾸 든다. 그 시절 내가 느꼈던 그 단란한 행복감이 내 식탁에는 있을까.

학교에서 돌아온 둘째가 부엌에 있는 내 뒤꽁무니를 따라다닌다. "엄마 오늘 메뉴는 뭐야?" 하며 재잘거린다. 그 눈동자에서 어머니의 누룽지를 기다리며 부엌 앞에 쪼그려 앉았던 내가 보인다. 나는 계란말이 한 개를 집어 딸애 입속에 넣었다. 초롱초롱한 눈을 껌벅이며 웃고 있는 딸아이의 입을 보니 순간 행복감이 밀려온다. 나 역시 비상금을 모두 아는 곳에 둔다. 숨겨둔 것보다 더 어려워하고 조심스러워하는 아이들을 보면서 어머니의 지혜를 다시금 깨닫게 된다. 어머니에 대한 기억이 아이들을 키우면서 얼마나 힘이 되는지 모른다.

하루 종일 날이 눅눅했다. 저녁 국이 마땅하지 않아 숭늉을 내었다. 그랬더니 밥상에 구수한 누룽지 향이 퍼진다. 잘 끓였다고 칭찬해 주시는 어머니에게서 또 한 분이 겹쳐 보인다. 장마가 시작된 지 이틀째, 친정어머니로부터 전화가 왔다. 얼마 전 담근 오이지가 맛 들었다며 한번 다녀가라 당부하신다. 뭐가 바쁜지 전화도 오래 못하고 그냥 끊어버리기 일쑤인 내게 어머니는 섭섭하단 내색 없이 언제나 한결같으시다.

언제쯤 시간을 다투지 않고 친정엄마와 수다를 떨 수 있을까.

위대한
유산(遺産)

어머니는 분명 부자다. 웬만한 부자가 아니면
물려주기 힘든 유산을 육 남매에게 고루 물려주셨으니 말이다. 내
로라하는 재산가가 죽고 난 뒤 자식들이 재산 싸움을 하더라는 말
을 들으면 나는 피식 웃는다. 세상에 우리 어머니만 한 부자가 없
구나 싶어서다.

아들 둘과 딸 넷인 우리 남매들은 건강하다. 막내와 한 살 차인
내가 오십이 되니 다들 중년을 넘었고, 나이에 비해 모두들 건강하
다. 등산마니아인 오빠는 아직도 산을 제집처럼 오르내린다. 남들
이 '웰빙' 하며 음식을 골라 먹느라 야단법석을 떨 때, 우리 형제들
은 먹고 싶은 대로 다 먹는다. 어머니가 물려주신 위대한 유산 덕
분이다.

맏며느리인 어머니는 이른 아침부터 가마솥에 밥을 안치고 밭으로 뒷마당으로 분주한 아침을 준비하신다. 뜸이 들고 있는 가마솥 곁에 있으면 모락모락 올라오는 김 사이로 구수한 냄새가 참 좋다. 뚜껑을 비스듬히 밀듯이 열면 그 안엔 밥만이 있는 것이 아니다. 감자, 계란찜, 호박잎 등등이 자기 색을 드러내며 손을 내미는 것 같이 봉긋이 올라와 있다. 이쯤 되면 아궁이에서는 생선이 익어가고 남은 불씨로 김이 구워지니 그 냄새가 기막히다.

우리 집에서 아침은 무척 중요하다. 하루의 시작을 밥으로 여기시는 할아버지로 인해 아침밥을 먹지 않고는 모든 일들이 진행되지 않을 지경이다. 큰 상과 작은 상, 두 상을 봐야하는 어머니의 고달픔이 느껴진다. 어머니와 나란히 앉아 밥을 먹었던 적이 몇 번이나 되었을까 곰곰이 생각하다 눈을 감았다. 이내 눈시울이 붉어진다. 열 식구 밥에 여섯 개의 도시락 준비로 발을 동동 구르시던 어머니였다.

어머니의 손재주는 남달랐다. 손수 알록달록 털실로 짠 조끼, 모자, 장갑, 양말 등은 친구들의 부러움을 샀으며, 밭농사도 얼마나 잘 지으셨던지 이웃과 나누어 먹었던 적도 여러 해다. 어머니가 부엌에 떴다 하면 후다닥 밥상이 차려진다. 그렇다고 찬이 변변치 않을 거란 생각은 오산이다. 7첩 반상은 기본이다. 그뿐인가, 간식도 척척 만들어 주셨다. 강낭콩 박힌 누런 밀빵, 설탕이 솔솔 뿌려진 누룽지와 건빵 튀김은 단연 최고였다. 어머니에게 가마솥은 만능 요리기다. 빵, 떡, 약식, 거기다 도토리묵까지 안 되는 요리가 거의 없었다. 부엌의 전열기구라야 난로가 고작이었건만 그 많은 음식을 척척 해 내신 걸로 보아 어머니는 분명 능력자다.

아버지가 불거진 얼굴로 돌아오시거나 막내가 속이 좋지 않으면 동치미를 내놓으셨다. 여름이면 오이지를 겨울이면 동치미로 바꿔 가며 발효음식도 해주셨다. 식구 중 머리가 아프거나 배앓이를 하면 약 대신 음식으로 대신했고 그 약효는 꽤 잘 들었다. 저녁 설거지를 마치고도 무언가를 만드시느라 여념이 없으셨던 어머니. 넉넉치 않은 형편에 연년생으로 육 남매를 두셨으니 먹을거리 걱정에 손이 무척이나 바빴을 것이다. 우리 집 비상약은 전부 어머니 손에서 만들어졌다 해도 과언이 아니다. 지금도 어머니는 아침을 거르지 말라고 당부하신다. 생각해보니 우리 집 건강지킴이는 바로 어머니의 밥상이었다. 손수 지으신 신선한 야채와 잡곡밥, 생선 위주의 음식 덕분이리라. 바로 현대인의 웰빙식단이 아니던가.

팔십을 넘기신 어머니 역시 연세에 비해 건강하신 편이다. 여전히 집 앞의 조그만 공간에 고추며 상추, 토마토 등을 심어 드신다. 아는 사람이라도 지나가면 밥 얘기로 인사를 대신 하신다. 아침은 드시고 나오셨는지, 시장 통 어디의 물건들이 신선하고 값 좋다든지. 묻지도 않는 답으로 그분들과 대화하시는 어머니. 요즘은 집 앞에 공원이 생겨 이곳에 자주 모이신단다.

따지고 보면 튼튼하게 자라고 있는 우리 형제들이 어머니에게는 건강수표 노릇을 단단히 하고 있었던 것이다. 그리고 그 식습관 덕분에 우리 형제들은 누구보다 위대한 유산을 물려받을 수 있었다.

바로 건강이라는 유산 말이다.

TV만 켜면 여기저기서 건강 상식을 소개한다. 그중 열풍을 일으키고 있는 것이 해독주스나 청혈주스, 유산균 등이다. 그런데 복잡하다. 음식은 무엇을 먹느냐보다 어떻게 먹을 것이냐가 더 중요하다고 한다. 하지만 그 방법을 제대로 따라 하기가 만만치 않다. 돌이켜보면 신선한 재료로 만든 식단이 건강을 지키는 것은 아니었다. 거기에는 어머니의 사랑과 정성이라는 첨가물이 늘 있었다.

더욱이 어머니의 밥상이 그립다.

선인장

별이 창으로 가득 비친다. 베란다 한편에도, 꽃봉오리에도 사이사이 봄이 어우러지니 평소 잘 돌보지 않던 선인장이 눈에 들어온다. 언제 있었는지도 모를 정도로 내 시야에서 멀어졌던 선인장.

요즈음 다육이라는 작은 선인장이 집집마다 현관이나 식탁에 관상용으로 인기다. 하지만 난 어릴 적 화단에서 많이 본 넓적한 선인장이나 손가락 선인장이 좋다. 집 마당에 늘 있었던, 자라면서 크게 변하지 않아 같은 모양새를 가진 그런 선인장 말이다.

나는 식물을 키우고 보살피는 일보다 바라보기를 좋아한다. 그런 탓에 집에 있는 꽃들의 수명은 일 년을 못 넘기기 일쑤다. 용케 선인장만큼은 잘 버텨준다. 오히려 바짝 신경을 쓰면 썩는 선인장이 내게는 적격인 듯하다. 그러다 운 좋게 선인장에 꽃이 피는 해에는 우연의 일치처럼 좋은 일도 생긴다. 이런저런 이유로 선인장은 베란다에서 가장 볕이 잘 드는 곳을 차지했다. 혼자 두어도 혹은 다른 꽃들 옆에 있어도 의외로 잘 어울린다. 색이 지닌 조화와 편안함이 더해진 까닭이지 싶다.

선인장을 남다르게 여기는 이유는 또 있다. 선인장을 볼 때마다 유독 오래전 돌아가신 친정아버지가 생각나기 때문이다. 어릴 적 아버지는 불거진 얼굴로 돌아오시면 선인장을 바라보시기를 좋아하셨다. 가시가 많고 쉬이 꽃도 피지 않아 예쁠 것도 없는 선인장을 지긋이 바라보신다. 아버지의 사랑을 받아선지 우리 집 선인장은 꽃도 탐스럽게 핀다. 선인장의 꽃은 저녁에 피었다 아침에 진다. 그렇게 일주일을 버티고 봉오리째 떨어진다. 나 역시 밤을 화사하게 만들고 달빛과 어우러지는 그 모양이 참 좋았다.

신혼집에 처음 오실 때, 아버지 손에 손바닥만 한 크기의 송송한 가시가 박힌 선인장이 들려 있었다. 문득 아버지의 손과 닮아 있다는 생각이 들기도 했다. 두툼한 손과 마디의 굵은 주름이 흡사 선인장의 모양새와 비슷하다는 생각이 스친 것은 그때가 처음이었다. 식물키우기에 재주가 없던 나에게 선인장은 무던히도 잘 자라주었다. 특별히 잘 보살피기보단 그저 햇빛이 잘 쬐이는 곳에 두었다. 어쩌다 들르시는 아버지가 가끔 바라봐주시는 것이 고작이다. 그런데 그 선인장이 큰딸아이가 걷기 시작할 무렵 아이와 함께 넘어졌다. 대충 선인장을 다른 화분에 심고 아이 손이 닿으면 가시에 찔릴까 싶어 한쪽 구석에 놓아두곤 잊었다. 얼마 후 선인장은 뿌리를 내리지 못하고 시들더니 이내 썩어버렸다.

아버지에게 다시 선인장을 받은 것은 둘째가 태어난 직후였다. 하지만 그 선인장은 나와 인연이 없었는지 채 반년도 바라볼 수 없었다. 급히 이사를 해야 했고 그 도중에 잃어버렸다. 둘째가 첫돌이 되기 전 아버지는 암 말기 판정을 받은 후, 몇 개월 투병 끝에 돌아가셨다. 그런데 아버지가 병상 중에 내 손을 잡으시고는 선인장얘기를 꺼내셨다.

"선인장 잘 자라고 있지. 가시 걱정은 마라. 선인장 가시는 찔려도 곪지 않는다. 그래도 걱정되면 아이 클 때까지 대문 밖에 놓아두어도 괜찮다."

나는 대답 대신 고개만 끄덕였다. 흐르는 눈물을 어찌지 못해 아버지 가슴팍에 작은 애를 밀어 놓고는 등을 보였다. 그렇게 아버지는 작은 애 첫돌도 못 보시고 돌아가셨다. 지금도 선인장을 보면 아버지의 손이 투영되는 것 같아 애잔한 마음이 든다. 사람의 마음이 무어라고 그 기억을 때때로 되새김질하면 아직도 속상하다.

베란다에 화분이 꽤나 된다. 관상용으로 산 것과 선물 받은 것들이 잘 자라 주었다. 베란다 볕도 한몫 했다. 얼마 후에 이사를 해야 한다. 막상 이삿날을 잡고 보니 화분에 대한 고민이 생긴다. 이사견적을 내러 온 직원이 화분을 보고 한 소리가 마음에 걸린 탓도 있다. 잠시 생각하다 보기 좋은 화분 몇 개를 골라내었다. 그중에는 선인장도 들어 있다. 그간 이웃에게 받은 고마움을 화분으로 대신하기로 마음먹고 차에 실었다. 넘어지지 않게 단단한 박스에 칸막이까지 끼우고 조심스럽게 옮겼다. 그새 정이 들었나. 섭섭한 마음에 자꾸 룸미러로 시선이 간다. 서로 부딪쳐 넘어질 새라 찬찬히 운전을 했다. 마음이 시키는 대로 식물들의 자리를 만들어주고 나니 한결 기분이 가볍다. 나의 마음을 받아준 이웃들이 고맙다.

흑백사진으로 남아있는 아버지의 모습은 늘 깔끔한 양복차림이다. 자신의 감정을 보이기를 꺼리셨던 아버지의 성격도 사진 속 표정에서 읽힌다. 내 결혼사진 속에서도 무표정으로 계신다. 시대가 변한 걸까 아님 성격 탓일까. 남편은 두 딸과 스스럼없이 잘 지낸다. 서로의 감정선을 잘 풀어 가는 것 같다. 큰딸이 스무살을 갓 넘었다. 남편은 벌써부터 시집보낼 걱정을 한다. 무엇보다 예식장에 들어갈 때 딸의 손을 어찌 놓을까를 가장 걱정하는 눈치다.

언제부터인지 모르게 엄마가 아버지 대신이다. 아버지 제사가 다가와 전화를 드렸다. 친정엄마는 매번 안부 물을 틈을 주지 않으신다. 입버릇처럼 자식의 안부를 묻고 또 묻고를 반복하신 연후에 당신은 '괜찮다'는 한마디 말로 일축하신다. 그리곤 다시 물음으로 시작해 물음으로 끝난다. 끝없이 이어지는 걱정이 잔소리로 들리는 때가 간혹 있다. 이것뿐인가. 부재중 전화에 찍힌 친정집 번호를 어머니의 재촉이 있은 후에 알게 되는 경우도 종종 있다.

나는 분명 효녀와는 거리가 먼 것 같다. 아버지 옆이 어머니였는데 이젠 두 몫을 하시려는 어머니의 걱정이 가슴 밑바닥에서 길어 올려진 사랑이란 것을 알면서도 툴툴대니 말이다. 나의 얕은 마음이 선인장 가시에 찔린 것처럼 쏙쏙 아파온다. 베란다에 있던 선인장이 올봄 흰색의 무더기 꽃을 뽑냈다. 분명 좋은 일이 생길 것 같다.

흑백사진으로 남은 아버지를 본다. 꿈을 꾸러 갈 시간이다.

식탁

꽃샘추위에도 개나리는 여김없이 노란 미소로 봄을 알린다. 계절이 바뀌면서 만상의 풍경이 변하고 웅크렸던 마음에도 봄바람이 스며와 따사로이 녹는 듯하다. 이렇게 시간이 감에 따라 주변의 풍경도, 내 마음도 변하건만 변함없이 자기 자리만을 묵묵히 지키는 친구가 있다. 시집 올 때 장만해 온 20년 지기 식탁이 바로 그것이다. 남아있는 몇 안 되는 혼수품 중 하나다.

아버지는 생전에 직장 일로 바쁜 내게 식탁과 침대만은 손수 골라야 한다며 "잠자리와 먹을거리는 순전히 너의 몫이고 그만큼 가족에게 소중한 것"이라며 당부하셨다. 그 말씀에 가격이 꽤 되는 육중한 원목 식탁을 구입했다. 그때는 지나치게 커서 버겁게 여겨졌던 식탁이 이제 나이를 같이 먹어가며 정을 나누는 나의 애장품이 되었다.

지금은 생활의 서구화로 의자에 앉는 식탁을 쓰지만, 예전엔 앉아서 먹는 밥상이 부엌과 방 사이를 오갔다. 모양도 쓰임에 따라 다양하게 만들어졌다. 책상 모양의 책상반, 둥근 모양의 원반, 팔각형으로 된 팔각반, 여러 사람이 둘러앉을 수 있게 만들어진 두레반 등, 각양각색이다. 어른들은 네 각에 멋을 낸 기품 있는 책상반에서, 우리들은 끝에 꽃문양을 두른 두레반에서 밥을 먹었다. 낮에 있었던 일들을 오순도순 나누던 밥상머리 이야기는 동화책보다 더 재미있었다. 어른 상에서 먹다 남은 생선이 내려오기를 학수고대하며 다 먹은 밥공기에 빈 수저질을 하다 꾸중을 들었던 적도 많았다. 살림이 그다지 궁색하지 않은 편이었으나 부엌 선반이나 아궁이 옆에 걸리는 상은 요즘 식탁에 비하면 초라하기 그지없었다. 그렇더라도 온 식구가 모인 부산스런 밥상의 기억은 지금에 비하면 얼마나 정스러웠던가.

신혼 때는 집에 비해 식탁이 커 구석방에 모셔놓고 잡다한 짐을 올려놓았다. 한동안 짐꾼으로 전락했던 식탁은 딸아이들이 크면서 그 진가가 발휘되기 시작했다. 거실 한가운데 놓아두고 식사는 물론 아이들과 책 읽기, 그림 그리기, 만들기를 하는 다용도로 사용했다. 다양하게 활용된 식탁은 아이들의 감성을 풍부하게 만드는 역할을 톡톡히 해냈다. 때론 손님들이 들이닥치면 술자리까지 마다하지 않았던 식탁은 넓은 가슴으로 다양한 소통의 자리를 마련해주었다. 묵묵히 우리 집안의 역사를 안고 변함없이 그 자리를 지켜

온 식탁이다.

몇 년 후 큰 집으로 이사를 오게 되면서 식탁은 비로소 부엌의 중심에 자리 잡았다. 이제는 누르스름한 나이테에서 중후한 멋이 우러나와 집안에 운치를 더해준다. 아마도 도드라지지 않고 주변과 어우러지는 색감을 지닌 까닭 아닐까. 집주인과 나이를 같이하는 연유라 호기를 부려도 되건만 잠자코 있는 것은 아껴왔던 시간을 기억하기 때문일 것이다. 이젠 이 친구가 여기저기서 삐거덕 소리를 낸다. 오랫동안 버텨왔던 다리에서는 힘이 빠지고 모서리는 상처로 찢겨 군데군데 홈이 팬 자리에 검버섯처럼 흔적을 남긴다.

사람의 마음은 시시때때로 변한다. 그에 비해 한결같은 식탁이 고마워 어느 날, 식탁 위의 잡다한 물건들을 말끔히 치웠다. 그랬더니 왠지 식탁이 전보다 품위 있어 보인다. 냄새가 밴 찬기들과 잡다한 집기 대신 하얀 화분에 사철 잎이 푸른 인삼죽을 놓았다. 식탁과 오랜 시간을 같이 보낼 수 있는 새로운 벗을 만들어 주고 싶어서다. 식탁을 닦을 때마다 화분에 물을 주고 마른 수건으로 잎도 꼼꼼히 아껴 주었다. 오후가 되면 베란다를 뚫고 들어 온 햇살이 식탁 위에서 얼마간 앉았다 간다. 그럴 때마다 그 호사를 누리는 건 식탁이 아닌 나의 가족들이다.

아이들에게 각자 책상이 생기고, 거실 테이블과 티 테이블까지 마련된 집에서 오래된 식탁은 지나간 추억의 그림자가 된다. 때때로 아버지의 모습이 그 위에 겹쳐져 눈시울 붉히는 시간을 식탁에 앉아 보낸다. 구석에서 우리 집의 역사를 지켜준 식탁. 그 식탁이 오늘따라 베란다 창밖으로 보이는 산등성이보다 더 편안하고 든든하게 다가온다. 그런 연유일까. 오래된 물건을 버리는 일에 주저하는 버릇도 생겼다. 버리고 난 후, 그 허한 마음을 무엇으로 대신할 수 있을까 싶어 걱정부터 되니 말이다.

서둘러 식구들을 보내고 식탁에 앉았다. 식탁 위에 봄을 옮겨 놓고 보니 봄 속에 내가 있다. 봄 속에 앉아 차를 마신다. 처음보다 우려낼수록 맛과 향, 그 빛깔이 맑아지는 우롱차를 식탁과 동갑내기 찻잔에 따른다. 퍼지는 그 향기가 그리움의 내음처럼 가슴 속까지 스민다.

식탁에서 그리움을 만나다.

닮아진다는 것은

늦게 귀가한 남편의 손에 검은 봉투가 들려있다. 현관
문 열리는 소리로도 아버지인 줄 아는 작은 딸아이가 생글거리며
안긴다. 샘이 날 정도로 잘 맞는 부녀지간이다. 밥상머리에서 "그
지, 그래, 그럴 거야"가 대화의 반을 차지하리만큼 잘 통한다. 오늘
처럼 술 한잔 거나하게 걸치는 날이면 으레 손에 무언가가 들려있고
그것은 여지없이 작은 아이의 몫이다. 처음엔 섭섭한 마음도 들었
지만 모르는 척 둘만의 시간이 되도록 일부러 빠져주기도 한다. 어
릴 적 마음 한 자락이 기억되어 그 기분을 온전히 딸아이에게 주고
싶은, 그 시절 나도 아버지의 딸이었던 마음의 배려이다.

지금도 현관문을 열고 "우리 막내딸 어디 있나?"라고 부르실 것
같은 아버지. 돌아가신 지 올해로 16년째다. 건강하시던 아버지는

속이 불편하다며 단골 병원에서 약을 지어다 드시고는 몇 달 후, 위암 말기 판정을 받았다. 둘째 아이가 어리다는 핑계로 자주 찾아뵙지 못하고 마음만 서성댔던 그때가 회한으로 남는다. 3개월 동안 투병 생활을 하시곤 생일을 며칠 앞두고 돌아가셨다. 작은 아이의 돌상 대신 아버지의 장례를 치러야했다. 그렇게 돌아가실 거라고는 상상도 못했던 일이다. 생일 달에 운명하시면 좋은 곳에 가신다는 어른들의 말씀으로 작은 위안을 삼아본 적도 있었다. 하지만 어버이날이 돌아오면 그리움은 배가되어 더더욱 그립다.

아버지는 동네일을 많이 보셨다. 특히 글 모르는 동네 어른들의 대서장 노릇은 물론, 애경사를 챙기시느라 바쁘셨다. 그로 인해 집안일과 육아는 모두 어머니의 몫이었다. 살림을 몰라라하셨던 아버지는 밥 때 거지가 동냥을 와도 상을 차려 내오라 하셨으니, 어머니의 고생이 이만저만 아니었을 것이다. 그러나 내 어릴 적 기억에 어머니의 불평소리는 들리지 않았던 것 같다. 또한 장남·장녀만 버스를 태워 큰 학교를 보내던 시절, 아버지의 고집으로 우리 육남매 모두는 시내 학교에 다녔다. 동네 친구들이 부러운 눈초리로 볼 때면 우쭐해 가방을 흔들어댔던 얄미운 나이기도 했다. 그 시절에 장남과 장녀에게 치우치기 마련인데 아버지는 누구도 편애하지 않고 평등하게 키우려 했던 신세대 분이셨다.

하지만 약주를 드시고 오시는 날에는 예외였다. 골목 어귀에서부터 막내인 나의 이름을 동네가 떠들썩하게 부르시곤 하셨다. 화려한 그림의 원형깡통에 눈처럼 담긴 백설탕, 예식장에서 받으신

별 테두리 계란빛 카스테라 등을 항상 내 손에 먼저 쥐어주셨다. 언니들에게 자주 빼앗기긴 했지만 늘 내게만 넘겨주셨던 그 손을 만지고 싶다.

어느 봄날 온 가족이 나들이를 가게 되었다. 위로 언니가 셋이나 되니 구두와 운동화가 내 차지까지 오지 못했던 시절. 나는 노란색 슬리퍼를 신고 앞서서 종종 걸었다. 잠깐의 섭섭함은 모처럼 식구들과 놀러가는 즐거움에 묻혀 몇 걸음 속에 달아나버렸다. 뒤에 걸어오시던 아버지가 조용히 내 곁에 오시더니 "우리 막내딸 신발은 어디 갔나? 호랑이가 물어갔나?" 하시며 단발머리를 쓰다듬어 주시곤 성큼 앞서 걸으신다. 그리곤 다음날 저녁 리본이 달린 빨간 구두를 뒤춤에서 꺼내어 주셨다. 바로 신어보지 못하고 밥상 밑에 두고 설렜던 기분은 신발이 닳아 없어진 후에도 오래도록 가슴에 남아 행복했다.

그 후 아버지에게 직장에서 받은 첫 월급의 반을 헐어 그 당시 유명한 여름 구두를 선물했다. 신발 코가 조금 삐죽하고 양옆에 작은 구멍이 숭숭 나있는, 깔창에는 방습까지 되는 멋진 구두다. 가뜩이나 깔끔하고 정갈하셨던 아버지는 구두와 잘 어울려 동네에서 멋쟁이로, 나는 효녀 딸로 소문났다. 그런 아버지의 모습이 보기 좋아 보너스 타는 달이면 와이셔츠와 넥타이, 양말, 손수건까지 같은 제품으로 구입해 드렸다.

화창한 날만 신으시고, 굳은 날에는 신발장에 모셔놓고 손수 관리하셨던 순수한 아버지. 그런 아버지의 모습이 참 좋았다. 좋으면 좋다고 거침없이 솔직하게 사셨던 아버지의 삶이 때론 얼마나 힘이 드셨을까. 이제와 생각해보니 알 것 같다.

지방에 내려와 산다는 이유로 아버지 제사에 간 기억이 몇 번 되지 않는다. 제사상에 카네이션을 꽂아 드려야했던 5월의 봄은 잔인한 계절이 되었다. 그리고 몇 년 전부터 아이들이 내 가슴에 카네이션을 달아주는 날이면 나는 조용히 발걸음을 금강 변으로 옮긴다. 산을 온전히 담아내고도 한 계절을 더디게 가는 물속의 따스함으로 위로를 받은 채, 햇살이 자갈에서 빛나는 그곳에서 환하게 핀 카네이션을 강물에 띄워 보낸다. 어디엔들 맺힘 없이 훌훌 속 시원히 사셨던 아버지에게 이 계절을 전하고 싶다. 흘러가는 강물처럼.

작은 딸아이가 용돈을 앞당겨 달라며 검은 눈동자를 위아래로 굴린다. 평소보다 큰돈을 요구하기에 이유를 물어보았더니 묻지 말란다. 그래도 바짝 붙어 물어보았다. 쑥스럽게 꽃 얘기를 하곤 이번에는 장애인들이 만드는 꽃이라 조금 비싸다고 덧붙인다. 마음이 예쁘기도 하고 매년 나의 손에 들려주었던 카네이션을 아이에게 맡겨보려고 웃돈까지 얹어 주었다.

올해는 외할아버지 얼굴도 모르고 자란 딸아이와 동행하려한다. 나의 어릴 적 아버지와의 추억을 들려주면서 말이다. 생김새와 말투, 그리고 성격도 나와 많이 닮은 딸아이를 보면서 문득 아버지가 어쩜 어릴 적 나를 볼 수 있을지도 모른다는 생각이 든다. 사는 내내 아버지의 사랑은 당당함을 잃지 않고 살아가게 했던 원동력이 되어 같이 자랐다.

남편과 딸아이의 모습에서 오래전 아버지를 추억한다. 이 작은 순간순간이 무척 행복하다. 홀로 존재하는 것은 없으니 나의 다른 이름이 생겨나는 것도 참으로 행복한 일이다.

닮아진다는 것은 좋은 일이다.

한 걸음
또 한 걸음

오전부터 비가 내렸다. 겨울비는 무겁도록 축축하게 느껴진다. 벌써 한 해를 마무리하는 계절이라 생각되니 쓸쓸한 마음이 더한다. 이럴 때는 뜨끈한 국물을 먹고 싶다. 김이 나는 음식을 호호 불어가며 먹으면 가슴까지 따뜻해지는 기분이다. 때론 음식이 위로가 될 때가 있다. 마른 겨울을 이겨내려면 가을걷이를 잘 해야 하는데 그렇지 못했다. 다들 월동준비로 분주하게 보내는 동안 나는 무엇을 했는지 도통 모르겠다.

저녁을 먹고 온다는 남편의 전화로 저녁 준비가 한결 수월해진다. 나는 어머니께 쌀쌀해진 날씨 핑계를 대며 떡만둣국을 끓이면 어떻겠냐고 여쭈었다. 이북이 고향이신 어머니는 평소 평양식 만둣국을 좋아하신다. 그것도 사기그릇 보다 탕탕 소리 나는 양은그릇에 담는 것을 더 달가워하신다. 사람에게 음식은 단지 먹는 것에 그치지 않고 지난 시절의 기억도 묻혀 오는 것 같다. 가끔 학교 앞에서 아이들을 기다리다 분식집에서 떡볶이를 먹곤 하는 나도 마찬가지다. 그것은 그 시절에 대한 그리움과도 같은 것이리라.

남편은 저녁 약속이 있는 날에 미리 전화를 준다. 그것은 기다리는 식구들에 대한 배려이다. 조금이나마 내 수고를 덜어주고픈 마음에서 비롯된 것임을 나는 알고 있다. 밤 10시가 넘도록 들어오지 않는 걸 보면 오늘은 꽤나 늦을 것 같다. 우리 부부는 둘 다 서울 토박이다. 몇십 년의 서울 생활을 뒤로 하고 소도시로 내려오면서 우리의 생활은 매우 밀착되었다. 남편에게는 친구가, 내게는 친정과 친구를 만날 수 없는 시일이 계속되다 보니 차츰 이런 저런 대화가 많아졌다. 때론 조력자 내지 솔직한 조언을 해주는 유일한 사람이기도 했다. 그러기에 누구 한 사람이 부재하거나 늦으면 무료한 시간을 보낸다.

잠시 후 남편으로부터 전화가 왔다. 보은에서 약속이 있다던 남편이 지금 서울이라며 오늘 중으로는 못 갈 것 같다고 한다. 깐깐하게 따지듯 이유를 묻곤 싶었는데, 어째 목소리에 힘이 없는 것 같아 조심해서 오라는 말만 했다.

그런데 얼마 되지 않아 남편의 전화를 또 받았다. 이번에 조금 높은 톤으로 "김영미 씨" 하며 내 이름을 부른다. 그러곤 집 앞이라며 얼른 내려오란다. 갑작스럽기도, 궁금하기도 하여 대충 걸치고 나갔더니 2차를 가잔다. 기분이 무척 좋았는지 나에게까지 그 기분이 느껴지는 것 같아 '오케이'를 했다. 남편은 가끔 집에 들어오는 길에 전화를 걸어 나를 불러낸다. 그런 남편의 잔잔한 음성에 나는 아직도 작게 설렌다. 그리고 나를 기다리는 그의 뒷모습이 그럴싸해 보일 때도 있다.

나는 유독 외로움을 잘 탄다. 남들은 나를 두고 사교성이 좋다고 말하지만 정작 나는 누군가와 친하게 지내는 데 시간이 꽤 걸리는 편이다. 이런 나의 성격을 누구보다 잘 아는 남편의 '번개' 다시 말해 갑작스런 그의 돌발행동에 감동받을 때가 종종 있다. 실은 이름 있는 날에 붙은 특별한 외식보다 훨씬 좋다. 특히 서울을 다녀오는 날이면 기차역으로의 배웅을 일부러 강요한다. 그리곤 서울의 이야기를 들려준다. 이야기를 듣는 사람보다 더 신나하는 그의 모습에서 나보다 더한 외로움이 느껴진다. 그리고 기차를 기다리면서 사온 유명 브랜드 치킨도 잊지 않는다. 우리는 그렇게 서로의 외로움을 달래고 있는지도 모른다.

손을 잡고 뚝방을 걸었다. 남편의 하루가 그대로 전해지는 것 같다. 고된 하루를 보낸 그의 눈빛에서 인간적인 정이 느껴진다. 그 느낌은 사랑보다 더 깊은 마음에서 읽혀지는 동반자 같은 것이랄까. 그런 기분에 사로 잡혀 걷고 있는데, 무언가 번뜻한 것이 보인다. 몇 걸음 앞에 오천 원 지폐를 발견하고는 주웠다. 나는 길에서 주운 돈은 바로 쓰는 게 상책이라며 복권이나 사자고 말했다. 그리곤 발걸음을 재촉해 포장마차로 향했다.

늦은 밤, 술집의 풍경은 시끌벅적하다. 하루를 보낸 여러 일들이 사람들과 술잔에 부딪히니 안 그렇겠는가. 오늘은 왠지 떠들고 싶다. 곰장어에 소주, 그리고 뜨끈한 가락국수를 시켰다. 잔 수가 늘어나면서 가락국수의 국물이 그 진가를 더한다. 이상하게 포장마차에서 먹는 가락국수는 정말이지 그 맛이 예사롭지 않다. 그 진한 국물로 위로 받던 지난날이 생각난다. 어쭙잖은 친구보다 더 가깝게 느꼈던 적도 있다. 가끔은 참으로 맛있는 음식을 먹으면 음식 이상의 그 무엇이 느껴지곤 한다.

자정을 넘기고 자리에서 일어났다. 나는 계산대에 있는 남편에게 주운 돈을 주었다. 그는 계산대 옆에 있는 저금통에 넣더니 주인이 묻지도 않은 이 돈의 출처를 말한다. 술기운이 도는지 쑥스러움도 잊고 마냥 좋은 기분인 것 같다. 저금통은 속이 보이는 흐린 연두색으로 된 돼지 모양으로 생겼다. 그 중앙에 '사랑의 저금통'이라고 붙여진 스티커가 보인다. 복권을 산 것보다 훨씬 나았다는 생각이 든다. 내가 먼저 할 것을….

한 주 동안 저녁식탁에 오를 이야깃거리다. 전에는 포장마차 문에 달린 풍경이 잘 어울리지 않는다고 생각했다. 그런데 오늘은 그 소리가 내 마음에 싱그러운 바람을 불어 넣어 주는 것 같다.

걸어오면서 남편의 가방이 들고 싶어졌다. 손을 내밀자 싫지 않은 표정이다. 가방은 생각보다 무거웠다. 그 무게가 마치 가장의 무게처럼 느껴진다. 풍경소리가 아련하게 들릴 때 쯤, 그 가방을 다시 든 그이가 내게 치킨 봉투를 안긴다. 오랜만에 팔짱을 끼고 걸었다. 한 걸음 또 한 걸음 그렇게 걸었다.

하루를 이틀처럼 보낸 밤이다.

행복장(幸福裝)에서

오늘은 어머니와 단둘이 외출하는 날이다. 20년 동안 이어온 약속된 날이기도 한다. 예약된 날이 다가오면 어머니는 분주하시다. 머리손질부터 입을 옷까지 준비하시느라 여념이 없으시다. 그리 좋은 날도 아니건만. 한 달에 한 번 병원에 약을 타러 가지만 어머니는 늘 긴장하신다. 의사선생님을 뵙고 오시면 맘이 편하다고 하시니 선생님의 따뜻한 말 한마디에 위로를 받으시는 것 같다.

병원 문을 열고 나오면서 하시는 첫 마디는 "이젠 됐다"로 매번 같다. 헌데 오늘따라 어머니의 한숨소리가 깊어진 것 같고 유독 내 손을 꼭 잡으시니 슬쩍 눈치를 살피게 된다. 병원은 자동차로 십

분, 어머님 걸음으로는 삼십 분이 걸리는 거리에 있다. 오늘따라 남편이 급하게 차를 쓰는 바람에 다음날 병원에 가자고 말씀드렸더니 병원 가는 날을 변경할 수 없다고 단호하게 말씀하신다. 한 달치 당뇨 약을 타는 의례적인 일이라 하루 이틀 늦어도 괜찮으련만, 어머니께서 몸치장 마음단장까지 마쳤으니 나로서도 어쩔 수 없는 노릇이다. 택시를 불렀다.

어머니는 혈당이 떨어졌다는 의사선생님의 말에 칭찬받은 아이처럼 환한 웃음을 얼굴 가득 지으신다. 때마침 장이 열리는 날이라 장구경도 할 겸 집까지 걸어가자고 말씀드렸더니 흔쾌히 그러자고 하신다. 우선 신발가게에 들러 운동화를 샀다. 운동할 때 편해야 한다는 이유로 곱고 예쁜 구두를 멀리하신지 오래다.

홀어머니의 외아들에게 시집 온 지 5개월. 친정어머니의 걱정을 뒤로 한 지 반년도 되지 않아 어머님은 당뇨로 쓰러지시고 나는 임신한 몸이 되었다. 그때부터 모든 것은 새롭게 시작되고 나의 삶은 바뀌었다. 발바닥이 썩어 뼈있는 곳까지 제거해야 하는 수술을 받았고 패혈증이라는 위험한 순간도 넘겨야했다. 그리고 2년 동안 일주일에 한 번 병원을 모시고 가야했다. 식단조절을 위해 시간밥과 식이요법을 병행했으며, 하루 세 번 인슐린 주사를 놓아 드려야했다. 곳곳이 멍자국으로 번져있어도 다시 그 자리에 주사바늘을 꽂아야만 하는 내 마음도 시퍼렇게 멍들어 갔다. 하지만 다행이도 첫 아이가 태어난 후부터 어머니의 건강은 서서히 회복되었다.

얼마 전 해외를 다녀올 일이 생겨 처음으로 며칠간 집을 비운 일이 있다. 음식을 준비한다고 했지만 부족할 것이라 여겨 아이들에게 일러두고 찬거리도 냉장고에 채워두었다. 어쩔 수 없으니 이번에는 직접 해 드시라는 부탁을 드리고 무거운 발걸음을 옮겼다. 일을 마치고 돌아온 늦은 밤, 어머님은 잠도 주무시지 않고 나를 기다려 반겨주셨다. 그런데 나를 보자마자 첫마디가 "어미가 없으니 걱정이 돼서 잠도 잘 오지 않는구나"라는 말씀과 반찬 이야기를 하신다. 가지나물을 어떻게 해야 하는지 가물가물하여 반나절을 생각하셨단다.

아프신 이후 십여 년 동안 부엌에는 발길조차 들이지 않으신 어머니. 맛이 있건 없건 나물 세 가지에 국만 있으면 된다고 늘 아무렇지도 않게 말씀하실 때면 간혹 섭섭한 마음도 들었다. 사실 밥과 나물, 그리고 국까지 따로 음식을 하자니 어느 땐 힘들었다. 그런데 가지나물을 어떻게 해야 할지 몰라 반나절을 생각하셨단 말을 듣고는 순간 마음이 먹먹해졌다. 모든 집안일에 대해 마음을 놓으셨던 것이다. 혹여 자신이 아픈 것으로 자식에게 짐이 될까 오로지 건강만 생각하신 어머니. 아마도 마음에서 지낸 세월이 희미해지면서 며느리에게 모든 것을 맡기며 의지하고 싶으셨던 건 아닌지 모르겠다.

어머니는 장거리를 휘휘 도신다. 몇 걸음 걷지도 않아 운동하는 친구 분을 만나시더니 즐거워하신다. 양손을 뒤로 잡으신 채 내 발에 맞춰 따라오느라 바쁘시면서 말이다. 평소 좋아하시는 옥수수, 호박죽을 가리키며 어린아이처럼 계속 손짓을 하신다. 사람을 만나도 길을 건널 때도 연신 나와 눈 맞추기를 멈추지 않으신다. 혼자 다니시는 것이 불안하고 걱정되셨던 모양이다. 주름 사이 환한 웃음이 보랏빛 모자 안에서 라일락꽃처럼 번져 흐른다.

내 양손에 들린 봉지를 보시고는 하나 달라고 하신다. 나는 운동화가 든 봉투를 드리고 나란히 걸었다. 집 근처에 다다르니 '행복장'이란 자장면 집 간판이 눈에 들어온다. "어머니 자장면 사주실래요?"라고 묻자 "얘는 내가 돈이 어디 있니, 그냥 집에 가서 먹자"고 하신다. 나는 못들은 척 가게 문을 열고 들어서며 큰 소리로 자장면 두 개를 주문했다. 뒤처지시던 어머니는 어느새 의자에 앉아 모자를 벗으신다.

십수 년의 세월이 흐르는 동안 어머니에게 나란 존재는 며느리이면서 동시에 보호자인 것 같다. 의지하며 불평하고 투정부려도 되는 환자와 보호자처럼.

내 안에 며느리라는 세 글자에 새로운 이름 하나를 덧씌웠다.

그 자리에 가을이
오고 있네

자정을 넘긴 시간, 거실에서 다급하게 떨리는 목소리가 들린다. "애미야, 애미야……" 잠결에 들리는 소리가 꿈인지 생시인지 알 수 없으나 간절한 그 소리에 나는 반사적으로 일어나 거실로 향했다. 화장실 옆에 쓰러져 계신 어머니를 보는 순간 무어라 말할 새도 없이 황급히 다가갔다. 그리고 어머니를 일으켜 세우려다 고통스러운 얼굴을 보고는 바로 전화기를 들었다.

새벽을 가르는 요란한 응급차가 아파트 전체를 깨우고 난 뒤에 어머니는 병원으로 모셔졌다. 응급실은 바삐 움직이고 있었으나 이런저런 검사로 인해 한 시간가량 지체되고도 MRI를 찍어야 하는 절차가 남았다. 환자용 들것에 실려 "아아아"라는 비명밖에 내지르지 못하는 어머니를 보면서 나는 어찌할 바를 몰랐다.

검사 후 어머니는 고관절 골절이라는 진단을 받았다. 바로 수술을 해야 하는 상황임에도 불구하고 사정이 있어 입원실로 옮겨졌다. 오랫동안 당뇨병을 앓으신 터라 혈당을 조절해야 수술이 가능했기 때문이다. 기가 찰 노릇이다. 어머니에게 현재 할 수 있는 조치는 기능 좋은 무통 진통제를 처방하는 일 뿐이다. 나도 모르게 "이런 몹쓸 병 같으니라고" 평소 어머님이 하시던 말씀을 되뇌었다. 매끈하게 넘어가는 흰 쌀밥 대신 깔깔한 보리밥을 드시며 혼잣말로 하시던 푸념이 어느새 나에게로 전이되었나 보다.

어머니는 며칠 후 수술을 받으셨다. 다행히 조각난 뼈로 관절을 맞출 수 있어 인공관절을 넣지 않은 게 불행 중 다행이다. 수술은 잘 되었다. 허나 앞으로가 문제다. 한 달은 누워서 꼼짝 못하고 재활을 위해 두 달을 입원해야 한다는 것이다. 이북에서 홀로 넘어오신 어머니에게 친척은 거의 없었다. 환자를 간호할 식구도 마땅치 않았지만 무엇보다 어머니의 회복을 위해 노인 병동으로 옮기기로 결정했다. 이곳으로 어머니를 모시게 될 줄은 짐작도 못했던 일이다.

나는 작년까지 한 단체의 회원으로 이곳에서 봉사를 해왔다. 올해 도서관으로 봉사 장소가 바뀌기 전까지. 세상살이는 정말 모를 일이라는 어른들의 말씀이 귓가에 울리기가 무섭게 "어떻게 된 일이냐?"는 낯익은 간호사와 간병인들의 목소리가 들린다. 나는 마른 침을 삼키면서 어머니 이야기를 꺼내야 했다. 여러 번……

이곳으로 처음 봉사 오던 날. 나는 식사를 제대로 하지 못했다.

특유의 냄새 때문이다. 허나 그것이 사치에 불과하다는 사실을 다음 봉사하던 날 깨달은 것이다. 움직이지 못하는 할머니에게 욕창이 생기지 않게 시간마다 위치를 바꿔 주어야 했고, 기저귀와 옷 갈아입히는 일, 목욕 시키는 일 등으로 냄새에 민감할 여유 없이 허기가 졌기 때문이다. 2년 동안 일주일에 한 번 봉사를 해왔지만 간병인들과 다 같이 모여 식사를 한 적은 거의 없었다. 환자에게 한시라도 눈을 뗄 수 없는 이곳 사정상 늘 교대로 식사를 해야 했다.

시간이 지나면서 간병하는 일이 얼마나 고되고 힘이 드는지를 알게 되었다. 간병인들 대부분이 등이나 팔목에 파스를 붙이거나 허리가 좋지 못했다. 하지만 무엇보다 어려운 점은 가끔 찾아오는 보호자로 인해 마음의 상처를 받는 것이라고 한다. 직업의식만 가지고 이 일을 선택하는 것은 그리 쉽지 않을 것이다. 스스로를 사랑하는 법을 알았기에 그 사랑을 환자들에게 나눠 주고 있음을 나는 직감으로 알 수 있었다. 보호자도 간병인도 아닌 봉사자로서 그들의 고충을 조금 이해했을 뿐, 그 마음까지 헤아리진 못했다.

처음엔 어찌할 바를 모르고 우왕좌왕 했다. 그런데 친분이 있는 간병인 한 분이 다가와 따뜻한 차 한 잔을 건네주신다. 이렇게 만나게 되니 반갑다고 해야 할지, 안됐다고 해야 할지 모르겠다며 걱정과 위로를 동시에 하신다. 간호사는 물론 우리들도 그간 고마움을 가지고 있었는데 이렇게 되갚아줄 수 있어 다행이라며 내 손을 꼬옥 잡으신다. 나는 마음에서 울컥 흐르는 눈물을 감추지 못하고 그대로 쏟아내었다.

다행히 어머니의 회복은 빨랐다. 나는 몇 개월 동안 거의 빠지는 일 없이 병원 문턱을 바삐 오갔다. 하루가 다르게 좋아지시는 어머니를 보고 신이 나기도 했지만 간병인들과 친해진 이유도 있었다. 나는 병원 실정을 아는 터라 가끔 시내 심부름도 해드리고 간식도 챙겼다.

어머니는 간호사와 간병인들에게 수박을 안겨드리고 걸어서 퇴원하셨다. 퇴원 후 어머니는 하얗던 얼굴이 구리 빛으로 탈 정도로 한여름을 운동장에서 보내셨다. 요령 피우시는 일 없이 매일같이 운동장을 걸으신다. 몸도 마음도 쇠약해지신 줄 알았던 나의 생각을 뒤로 한 채 어머니는 이제 나의 건강도 챙겨 주신다.

계절의 순환에 순응하는 자연의 이치가 나의 마음에 들어온다. 물 흐르듯 자연스럽게 내게 오고 있는 것을 받아들이는 일이 이젠 그리 어렵게 느껴지지 않는다. 지금의 삶을 얼마간 인정하며 지내다 보니 마음도 한결 가볍다. 점심 후 운동을 나가시는 어머니 손에 오이 담은 봉지가 달랑거린다. 밀짚모자도 넓은 그림자를 만들며 같이 걸어간다.

긴 여름이 지나고 그 자리에 가을이 오고 있다

엠피쓰리
라디오

여름의 속살이 넝쿨장미 속으로 타들어간다.
바람이 더워지면서 빛을 받은 장미는 붉게 타오를수록 지칠 줄 모
르고 사방으로 번진다. 골목마다 담장을 넘어가는 걸보니 아마도
꽃망울을 조르는 푸른 잎들의 조잘거림에 도망치는 것처럼 보인다.
때론 나이를 먹을수록 좋아지는 것이 있어 다가올 일들이 기대된
다. 그러기에 따스한 봄을 안고 여름을 만지작거리는 5월이 좋다.

해마다 돌아오는 어버이날이 얼마 남지 않았다. 유독 어머니에
게 그날의 선물은 매우 특별하다. 첫해 드렸던 선물은 큰 손녀의 함
박웃음이다. 어느덧 큰딸의 나이와 해를 같이하는 어버이 선물이
올해로 스물세 번째. 어찌 보면 어머니에게는 당연한 일인지도 모
른다. 이북에서 혈혈단신 내려오신 뒤, 아들 하나만 두시고 긴 세

월을 혼자 지내셨으니 그럴 만도 하다. 그런 차에 첫 손녀를 보셨으니 그 기쁨이 무척이나 크셨으리라. 갓 태어난 손녀를 보며 하신 그 말씀이 아직도 귓가에 맴돈다.

"애미야 내가 딸이 없잖아. 딸을 낳으면 요렇게 생겼으면 늘 바랬는데, 오매 똑 그렇다."

평소 말수가 적으신 어머니는 손녀를 안으시고 수다쟁이가 되셨다. 아마도 적적한 세월을 보상해 주는 최고의 선물이라 여기셨던 것 같다. 일찍이 모친을 여의고 외롭게 살아오신 당신의 일생이 아이를 바라보는 눈빛에 고스란히 담겨 있다. 아버님 제삿날이라야 그 마음을 조금 보이신다. 상을 물리기전 곶감을 만지작거리시며 아들 하나 바라보고 사셨노라고 혼잣말로 그간 고생을 덮으시기도 하셨다. 그러기에 손녀를 당신의 딸처럼 여기시며 오랫동안 등을 내어 주신 것이다. 그 당시 어머니에게 손녀는 당신을 지탱해주는 힘이 되었다. 당뇨 합병증으로 수술한 지가 얼마 되지 않아 힘에 부치실 텐데도 늘 힘이 저절로 난다고 하시니 마음 따라 몸이 간다는 옛말이 맞는가 보다.

이후 어머니의 선물은 작은 손으로 접은 색종이 카네이션을 시작으로 자연히 큰 아이의 몫이 되었다. 몇 년 뒤 작은 딸이 태어났지만 여전히 첫 정에 머물러 계신다. 공부로 소원해진 손녀를 부를 수 없어 늦은 밤 방문을 열고 슬며시 바라보시던 어머니의 뒷모습이 생각난다. 할머니와 산다는 것은 든든한 '빽' 하나를 가지고 있는 것과 매한가지. 조건 없는 할머니의 사랑은 무엇과도 견줄 수 없는 것이다. 당신이 낳은 자식보다 애지중지하시는 것을 보면 가히 짐작하고도 남는다.

서울에서 대학을 다니는 큰애는 지금도 일주일에 한 번, 할머니에게 전화로 안부를 묻고 전한다. 그나마 손녀의 목소리가 위안이 된다고 하시니 같이 지내는 며느리보다 좋으신가 보다. 얼마 전 큰딸의 전화를 받았다. 이번 어버이날에 드릴 할머니의 선물에 대해 말한다. 내게 묻지도 않고 용건부터 말하는 것이 어째 수상하다. 아니나 다를까. 할머니께 드릴 선물을 대신 사달라는 부탁이다. 그 선물은 요즘 할머니들 사이에서 유행하는 '엠피쓰리 라디오'로 무려 오천 곡이 저장된 일명 자동 녹음기란다. 무언가 할머니와 약속한 것이 분명하다.

작은애와 선물을 사러 전자매장에 가보니 종류가 꽤 된다. 선물을 고르는 내내 어머니가 여자로 다가온다. 그렇다. 어머니도 오래 전 감수성 있는 여인이었다. 누군가의 어머니가 되는 순간 여자이기를 잊고 산 그간의 세월이 스치며 지나간다. 평소 '두만강'을 좋아하셔서 흥얼거리시던 그 모습이 자꾸 아른거린다.

너도 나도 이어폰으로 음악을 듣는 시대. 나 역시 운전이나 운동할 때 무료함을 달래기 위해 숱한 음악을 듣는다. 음악은 남녀노소를 불문하고 일상에서 누릴 수 있는 즐거움 중에 하나이다. 그간 어머니의 쓸쓸한 마음을 헤아리지 못한 것이 죄송해서 좋은 것으로 샀다.

어머니는 당신의 속내를 들키기 싫으셨거나 며느리에게 대놓고 말하기 쑥스러우셨는지 모른다. 팔십 평생 동안 오로지 당신만을 위해 사신 물건이 얼마나 될까. 차마 사달라고 말하기에 입이 떨어지지 않으셨던 것이다. 누구에게나 그렇듯이 좋았던 시절은 나이를 먹지 않고 그때에 멈추어 있다. 추억이란 이름으로 행복해질 수 있는 것도 이런 까닭이다.

어머니와 큰애는 통하는 게 많다. 할머니를 닮아 동그스름한 얼굴 모양, 입맛도 비슷해 평소 궁합이 잘 맞는다. 오늘따라 어머니가 부럽기까지 하다. 차마 며느리에게도 못할 말을 손녀와 얘기할 수 있다는 사실에. 나 역시 손녀를 볼 텐데 어머님처럼 할 자신이 없다. 때론 할머니 걱정부터 하는 딸애를 보면서 섭섭한 마음이 들기도 했지만 내심 다행이지 싶다. 가족에게 상처받는 일이 잦아지는 요즘에 위로가 되는 것 같아 내 어깨가 슬쩍 올라간다.

어머니는 큰애에게서 어린 시절의 당신과 간절히 원했던 딸의 모습까지 가슴으로 안으시는 것 같다. 그 존재감이 내게도 점점 애달픈 사랑으로 느껴진다. 할머니의 사랑은 달빛 같다. 태양처럼 강렬하지 않지만 포근히 감싸주는 그 빛으로 어둠을 밝힌다. 저녁을 물리고 선물을 드렸다. 큰애에게 사정이 있어 작은 딸이 대신했지만 선물 포장지를 쑥스럽게 푸시는 어머니의 손이 살짝 떨린다. 그리곤 큰애의 목소리를 듣고 싶으신지 전화기를 찾으신다. 조금 후 문틈으로 새어나온 작은 웃음이 집안 가득 퍼진다.

'할머니'란 말은 들어도 들어도 좋다. 연상되는 모든 것이 따뜻하기에. 특히 몸이 아플 때 "내 손이 약손이다"시며 내 아랫배를 문질러 주시던 거친 손과 촉촉한 눈은 많은 시간이 지나도 잊히지 않을 것이다. 여전히 할머니의 따스한 손이 내 등을 어루만지는 것 같아 자꾸 뒤돌아봐진다.

추억이 늘어나면서 나이를 먹는 것이 좋아질 때가 내게도 오겠지. 할머니가 되어 내 딸을 닮은 아이의 작은 손을 잡고 푸른 잎들이 조잘대는 공원을 걷고 있을 나를 상상한다. 오래전 무한정 받았던 사랑과 그간 못 다한 사랑이 여과 없이 그 아이에게 쏟아질 것이다. 5월의 잎들이 등을 보이며 반짝거리듯 엄마였던 때에 지을 수 없었던 미소가 할머니의 굽은 등에서 빛나는 것이 보인다.

할머니와 보낸 시절은 누구에게나 가슴 따뜻한 추억이다.

3부

끈

고유명사

이름은 고유명사다. 동명이인이 있는 경우라도 유일하게 나일 수 있다. 그렇다고 이름 하나만으로 한 사람을 온전히 설명할 수도 없는 일. 이름은 잠시 같이 있는 동반자요, 내가 언제든 벗을 수 있는 겉옷 같은 것일지도 모른다. 그렇더라도 자기 이름에 걸맞은 스스로의 색이 있어야 하지 않을까. 그러면 나의 이름은 쉬이 잊히지 않을 것이다.

하나의 잣대만 가지고 그 사람을 보는 것은 매우 위험한 일이다. 하지만 나를 드러내는 하나의 무언가가 있다는 것은 내가 진짜일 수 있기에 포기할 수도 없는 일이 아닌가. 자신만의 스타일로 살아가겠다는 의지와 표현을 사람들은 '고집이 세다, 강하다, 모났다, 건방지다' 등등의 뾰족한 잣대로 저울질한다. 나답게 산다는 것이 삶의 핵심이 아니던가.

유년시절 겨울 놀이터는 논 얼음판이 단연 최고였다. 누런 벼가 군데군데 박혀져 있던 얼음판 위에서 썰매를 탄다거나 팽이를 놀리는 것이 무척이나 즐거웠다. 특히 팽이 돌리기 시합을 할라치면 빨리 하고 싶은 맘에 친구와 똑같은 방식으로 놀린다. 그러면 친구도 나도 팽이가 서로 부딪쳐 다 넘어지고 만다. 그 덕분에 터득한 방법이 있다. 자기만의 방식으로 팽이를 돌려야 한다는 사실이다. 모두 똑같이 돌면 결국 다 넘어진다. 팽이가 스스로 돌 때, 제대로 그리고 오래 돌 수 있다. 자기의 색으로 살아가야한다는 것도 결국 스스로 돌아야 한다는 말이다. 한동안은 싸움과 고통으로 인한 외로운 시간도 버텨내야 할 것이다.

사람들은 다 다르다. 사람마다 생각이 다르기 때문이다. 일단 자기 스타일대로 살면 뭔가 새롭다는 생각이 든다. 흉내 내서도 베껴서도 안 될 일이다. 자신의 삶에 대한 애정, 하나밖에 없다는 소중함을 가지면 어떤 것에도 휘둘리지 않을 것이다. 내가 내 삶을 사는데 좀 더 당당해지고 싶은 이유이기도 하다. 생각해 보니 그리 어려운 일도 아니다.

세상의 오만 잡꽃들이 같은 색으로 피는 것을 보지 못했다. 분명 자기 색깔대로 피고 진다. 나도 이런 삶을 꿈꾼다. 사람은 모두 자기 색으로 필 수 있는데 그렇게 하지 못하는 경우가 대부분이다. 때론 눈치 보느라 비겁해지기도 한다. 가끔 '행복이란 무엇일까?' 생각해 볼 때가 있다. 슬프지 않으면 행복한 것이 아닐까. 행복하다고 잠시 착각하고 있는지도 모른다. 나는 음악을 들을 때나 좋아

하는 사람을 만날 때. 밥 먹을 때, 영화 볼 때 행복하다. 거창한 행복에 빠지고 싶지 않다. 나는 일상에서 스스로 행복하려고 노력 중이다. 아는 사람들은 나를 까다롭다고 말한다. 이것은 내가 살아 있다는 것의 다른 표현이기도 한 것 같아 내심 듣기 싫지만은 않다.

나는 매일을 산다. 슬프고 아픈 일들이 계속되는 날도 있다. 이런 와중에 찾게 되는 나만의 방식은 현실을 유지하면서 살아가는 저항방식일지도 모른다. 저항이란 단어에는 새로운 무언가가 깃들어 있는 것 같다. 나에게 있어 저항은 그저 현실을 있는 그대로 바라보고, 그것을 자신의 색깔로 버티는 것과도 같은 것이랄까. 매일 오가며 느끼는 오감에 적응하고 싶지 않다. 늘은 아니지만 때때로 다른 느낌으로 교감하고 싶다. 헌데 요즘은 적응을 잘하고 있는 것이 문제라면 문제다.

내 색깔대로 살고 싶다. 나만의 고유명사를 찾아야 한다는 것은 스스로 자신의 스타일대로 살아야 한다는 것인데 약간 겁이 난다. 몇십 년을 딸로, 아내로, 며느리로, 엄마로 살아온 탓에 '우리'란 단어에 에워싸인 현실이 너무 단단하다. 내가 나일 수 있어야 진짜인데.

점차 봄과 가을이 짧아진다. 올봄 철쭉꽃이 유난히 눈에 들어왔다. 뒷산에서 살짝 꺾어다 화병에 옮겨 온 적도 있다. "내년에 또 볼 텐데. 유난을 떤다"라는 핀잔에도 나는 아랑곳 하지 않고 그 꽃을 보며 한 주를 즐겼다. 내년에 똑같은 꽃을 볼 수 없기에. 올해 핀 철쭉이 작년에 핀 철쭉이 아니고 내년에 필 철쭉도 아니다. 꽃이 그렇듯 사람도 다 똑같을 수 없다. 누구나 다르게 살 수 있다. 용기만 있다면 가능하지 않을까.

무라카미 하루키는《상실의 시대》에서 말한다. "'나는 지금 어디에 있는가?'라는 질문의 되풀이에 '나는 지금 어디로 가는가'로 끝없이 물어볼 뿐이다"라고. 나는 지금 여기를 살고 있다. 나의 고유명사를 되찾는 것도 다른 데 있지 않다. 나만의 스타일로 그 어디를 가면 된다. 물음이란 꼬리표를 떼지 않고 가다보면 어디선가 나를 부르는 소리를 듣게 될 것이다. 어릴 적, 소라를 귀에 대고 바다소리를 듣던 때도 그랬다. 진짜로 수평선 너머의 아득히 밀려오는 파도소리 같았다.

단단해진 나를 무장해제하자 말랑말랑하게 다가오는 여러 개의 그림자. 진짜를 만날 수 있을까.

목련

아침 뜰 앞에 서서 목련을 바라봤다. 그윽한 향기가 방 안에도 퍼지는 듯하다. 미끈하고 도톰한 잎사귀가 보면 볼수록 기품 있어 보인다. 목련꽃 봉오리는 환한 꽃을 피운다. 횃불 같은 꽃봉오리로 휘말아 오르는 모양이 예사롭지 않다. 그 눈부심은 수액처럼 생기를 더한다. 봄을 대신한 꽃의 대답이지 싶다. 꽃의 부름을 받기라도 하듯 한참을 그 밑에서 머뭇거리게 된다.

목련은 봄을 대표하는 꽃의 하나로 그 탐스러운 꽃과 은은한 향기는 예로부터 많은 사랑을 받았다. 목련은 또 여러 가지 이름을 가졌는데, 옥처럼 깨끗한 나무라고 '옥수', 옥 같은 꽃에 난초 같은 향기가 있다고 '옥란', 난초 같은 나무라고 '목란', 꽃봉오리가 모두 북쪽을 향해 있어서 '북향화', 꽃봉오리가 붓끝을 닮아 '목필' 등등 다양하게 불린다.

중학시절 가정 시간에 이 목련이란 꽃을 수놓아 본 일이 있다. 목련은 무척 단아하고 고전적이다. 한 땀 한 땀 잎이 완성되어 가는 것을 보노라면 마음에도 무엇이 피어났던 시절이 아니던가. 테스의 순결을 슬퍼하거나 끝없는 사랑의 비극적 결말도 상상해보곤 했던 그리운 기억들이다. 목련꽃은 봄에 피는 다른 꽃보다 한층 격이 높아 보인다. '고귀함'이라는 꽃말처럼 몇 번을 감탄하고도 오히려 남음이 있을 정도다. 그래선지 미술품이나 골동품에 목련이 자주 표현되나 보다. 이때 목련은 길상의 의미와 합해져 장수를 의미한다니 그 담긴 뜻도 가히 으뜸이라 하겠다.

여고시절 그 목련꽃 그늘 아래서 '베르테르의 편지를 읽는다'는 노래에 가슴 벅찬 기억이 떠오른다. 그런 목련꽃을 보고 노천명은 수필 '목련'에서 "사람도 이처럼 그윽하고 품위 있어지고 싶건만, 향기를 지닌 사람이 된다는 것 역시 쉬운 일이 아님"을 술회했다. 향기를 지닌 사람으로 산다는 것은 무엇일까.

얼마 전 지인을 만나러 간 찻집에서 그 향기에 취한 적이 있다. 찻집에 들어서니 먼저 목련꽃으로 장식된 여러 물건들이 들어온다. 찻잔, 차 받침대, 촛대, 꽃병과 접시 등등에 액세서리까지 다양한 물건들이 가지런히 놓여 있다. 지인이 안내해주는 곳에 앉았다. 이곳은 손님을 맞이하는 사람이 따로 없는 것 같다. 잠시 후, 환한 목련꽃이 우리들 앞에서 활짝 피어난다. 주인이 직접 빚었다는 오목한 토기 안에서는 우아한 자태를 드러낸 목련꽃의 그윽한 향기가 넘쳐난다. 이쯤 되면 볼일이 있어 만난 사람일지라도 일단 그 향기에 취해볼 것이다. 누구랄 것도 없이 바로 일 이야기에 빠지기란 어려울 테니. 그리고 그 향기에 취해 천천히 그 차 맛을 음미하게 된다. 그러고도 여러 잔을 마신 뒤라야 말이 나오지 않을까 싶다.

주인은 묻지도 않은 목련 차에 대한 이야기를 한다. 최근에는 목련차를 찾는 손님이 많다며 진한 향이 나는 목련차를 만들기 위한 간단한 상식도 설명해준다. 우선 꽃잎 아홉 장의 백목련을 선택해야 한단다. 자칫 색이 있는 자목련은 독성이 있어 피해야 하며, 완전히 개화하기 전의 봉오리를 해 뜨기 전에 따는 것이 향이 오래 간다는 요령도 일러 주었다.

나는 생각했다. 과연 오래 두고 그 꽃의 향기를 맡고자 개화하기 전의 목련꽃 봉오리를 딸 수 있을까하고. 향기를 지닌 사람으로 살고자 하는 것이 어려운 만큼 내게 향기를 맡는 일도 그리 쉽지 않다는 생각을 했다. 향기의 매력은 머무름에 있지 않고 날아가는 것에 있다. 봄이 제아무리 잡으려 해도 달아나는 봄꽃의 향기를 잡을 수 없듯이 말이다.

한동안 목련꽃 아래에 있으면 옷깃이 여며진다. 무한한 순결을 지닌 꽃봉오리에서 강한 생명력이 피어오르는 것을 느끼기 때문이다. 사람의 향기란 맡아지는 것이 아니라 우러나야 한다는 사실이 나를 일깨워 준다. 꽃샘바람과 보슬비가 지나가는 봄날, 숭고한 곡선을 이루며 세상 가득 그윽한 향기를 전하는 날도 머지않았다.

늦기 전에 그 향기에 취해보리라.

비즈공예

연례행사처럼 참석하는 동창회 날. 신경 써서 옷을 갈아입고 보석함을 열었다. 썩 훌륭한 보석광은 아니지만 구색에 맞는 것들이 있다. 보석함을 열자 계절과 옷에 맞는 목걸이와 반지 등등이 서로 뽐내기라도 하듯 빛을 발하고 있다.

나는 그중에서 비즈로 만든 목걸이와 팔찌 세트를 집어 들었다. 유리구슬과 인조진주로 만든 목걸이는 큐빗을 중심으로 진주 네 개로 둘러싸이고 그 사이를 금색 모래알처럼 작은 구슬들이 능선처럼 감아 놓은 것 같은 그럴싸한 모양이다. 그 빛은 마치 노을에 금장을 한 것 같은 빛으로 영롱하고 은은하기까지 하다. 얼핏 보면 목걸이와 팔찌가 세트라 화려하게 치장한 느낌이다. 하지만 보면 볼

수록 독특한 모양은 꽤나 멋스럽게 보인다. 적어도 나의 눈에는 그렇다.

현관 거울 앞에서 다시 한 번 비추어 봤다. 역시 잘 선택했지 싶어 기분이 한결 좋아진다. 오랜만에 만난 친구들의 수다에 지칠 때쯤 한 친구가 내 목걸이에 관심을 보인다. "어디서 산거야? 디자인이 고급스럽다. 은근히 우아한데?" 자꾸 말을 걸어온다. 나는 기다렸다는 듯이 "이거 이 세상에서 하나밖에 없는 작품이야"라며 목에 힘을 주어 말한다. 시선이 모두 나에게로 쏠리는 순간이다. 작품까지 운운하며 말하는 나를 비웃는 친구도 있겠지만 목걸이와 팔찌를 쳐다보는 그녀들의 눈빛에서 나는 안도의 한숨을 내쉰다. 모임을 마치고 오는 내내 즐거운 마음이 들었다.

작년 여름이 시작될 무렵의 일이다. 학교를 마치고 돌아온 딸아이는 숨 쉴 사이도 없이 가방 속에서 가정 통신문을 꺼내 보이며 재잘거린다. 방과 후 학부모 교실에 비즈공예 강좌가 새로 생겼는데 수강료와 재료비가 모두 무료라고 한다. 딸은 선착순 마감이라 미리 신청해 놓고 왔다며 "엄마 나 잘했지" 하고 칭찬만 기다리는 눈치다. 나는 딸아이의 머리를 쓰다듬으며 "엄마 생각을 많이 했구나." 칭찬해 주곤 가정통신문을 보았다.

비즈공예 첫 수업은 핸드폰 걸이였다. 하얀 손수건 위에 각기 다른 색깔과 모양의 구슬들이 빛난다. 비즈공예란 구슬을 이용해서 만드는 손작업이다. 작은 의자에 앉아 구슬을 꿰고 있자니 이마에 연신 땀방울이 맺힌다. 구슬이 날아 갈까봐 선풍기를 틀지 못해도 즐겁게 만들 수 있었던 건, 고운 빛깔에 도취된 행복감 때문이 아닐까 생각한다. 도안을 보며 설명을 듣고 굴러가는 구슬을 놓치지 않으려고 애쓰다 보면 한 시간은 순식간에 지나가버린다. 드디어 첫 작품이 완성되었다. 짚신 모양의 신발 두 짝이 달린 핸드폰 걸이가 딸랑거린다. 돌아오는 내내 나는 딸아이가 가정 통신문을 가져오던 날의 그 마음보다 더 급하고 기쁜 마음이었다.

저녁때가 되어 식구들이 모두 모이자 학교에서 만든 핸드폰 걸이를 자랑하며 보여 주었다. 나는 수작업을 강조하며 '작품'이라 자랑했고 그런 나를 보며 남편과 딸아이들은 인정하기 싫은 웃음을 짓는다. 그렇게 시작된 방과 후 수업은 몇 개월간 진행되었다. 그해 여름은 진짜로 구슬 같은 땀방울을 흘리며 지냈다. 왜냐면 주문이 쇄도했기 때문이다. 시어머니와 친정어머니께서는 선물로 드린 목걸이와 반지가 마음에 들으셨던지 자랑 삼아 주위 친구들에게 말씀하셨고, 미안해하시며 은근슬쩍 주문을 받아오셨다.

내가 만든 물건에 스스로 감동 받아 가까운 지인들에게 선물을 했다. 작은 정성과 함께 마음으로 드린 선물이라서 그런지, 아니면 정말 나의 작품이 훌륭한 탓인지 그 뒤로 이어지는 답례품들은 그것보다 훨씬 값진 것들이었다.

선물은 본시 마음으로부터 시작되어야 할 것이다. "고맙습니다, 감사합니다"란 말로도 충분한 일에 선물이 우선시된다. 또한 남에게 고마운 뜻을 담아 선물하던 그 본래의 의미가 퇴색돼 버리고 체면과 남을 의식하는 행위로 변질되는 경우도 종종 있다. 자칫 잘못하면 부담을 주기 일쑤고 전보다 서먹서먹한 사이가 될 수도 있다. 고마운 분들께 작은 정성과 마음을 담은 선물이 진정 필요한 때이다. 있는 그대로 받아주셨던 지인들께 진심으로 감사드린다. 그로 인해 행복한 여름을 보냈으며 베풀 수 있는 마음도 배웠다.

오늘 모임에 하고 간 것은 그 때 만든 것 중에 단연 최고의 작품이다. 집에 돌아와서 목걸이와 팔찌를 풀어 다시 보석함에 넣었다. 다음 동창회에는 무엇을 하고 갈까? 즐거운 상상을 한다.

나의 시선은 어느새 빼곡한 작품들 속에 머문다.

추억의
이름으로

일요일 늦은 밤이 좋다. 조용히 혼자 거실에 앉아 그 시간을 기다리는 것이 요즘 나의 즐거움 중의 하나이다. 다시 말해 나만의 시간을 갖게 해 주는 선물과도 같은 것이랄까. 이쯤 되면 거창한 무언가를 기대한다면 그건 오산이다. 나는 단순한 사람이다. 그래선지 허락된 시간 안에서 최대한 즐기는 것을 욕심낸다. 특히 오늘은 캔 맥주도 옆에 두고 앉았다. 드디어 배철수가 입을 떼자 양 옆의 콧수염이 넘실거린다. 그렇다. 오늘 나는 추억의 이름으로 떠나는 음악여행을 시작하고 있다. 이름하여 '콘서트 7080' 이다.

집안의 불은 가능한 모두 끄고 거실의 텔레비전만 틀었다. 안방에서는 '유난을 떤다.' 다른 방에서도 끽끽 웃음소리가 문밖으로 새어나와도 눈치 없는 사람처럼 볼륨을 높인다. 이런 나를 두고 "아줌마는 어쩔 수 없어"라며 놀려도 신경 쓰지 않는다. 나는 한 시간 내내 행복감에 젖어 시간 가는 줄을 모른다. 그 시간은 나에게 흘러간 노래만을 전해주는 것이 아니라 잊고 지냈던 나의 20대를 가져다주기에 부족함이 없었다. 이 시간을 갖기 위해 나의 하루는 바쁘다. 일요일은 오전만이 한가하다. 점심을 먹고 나서 잠시 차 한 잔을 마시고 나면 이내 저녁 찬거리와 또 다시 시작하는 한 주를 위한 준비로 부산하다. 일이 있어 외출을 한다거나 밀린 일이 있을 때면 더욱 그렇다. 그래도 나는 식구들로부터 유난스럽다는 얘기를 들으면서 이 시간을 즐기기 위해 애쓴다.

추억은 그 이름만으로도 사람의 마음을 들뜨게 한다. 기쁜 일이거나, 괴롭고 슬픈 일일 지라도 기억되는 모든 것은 시간 속에 멈출 수 없고, 그러기에 지나간 시절은 아쉽고 간절하게 느껴진다. 기억은 지나간 경험을 추억의 이름으로 저장한다. "지금 이 순간이 추억이야!"라고 외치는 그 때부터 우리는 과거를 걸어 나온다. 그리고 현재 속에서 미래를 그린다. 그러기에 전부를 가졌다고 자만하면 할수록 가슴에는 후회와 상처만 남겨진다. 시리도록 서러운 날도 지나보면 가슴 따뜻한 그 무엇으로 가득해지는 것을 느낄 때면 추억은 그 이름만으로 아름다울 수 있다.

누구에게나 추억은 있다. 나의 20대도 그 이름만으로 찬란했던 시절이 있었다. 학비를 벌면서 공부해야 했기에 무던히도 바빴다. 별처럼 쏟아지던 그 시간들을 어찌 잊을 수 있겠는가. 그 기억들로 오늘이 행복하고 앞으로도 행복할 수 있다. 이런 나의 소박한 미련이 지금의 나를 지탱하고 있는지도 모른다. 친구들과 차 없는 거리에서 서로의 어깨를 빌리며 둘러 앉아 막걸리를 마시며 흥얼댔던 노래들, 실연의 아픔으로 방황했던 거리, 알 수 없는 미래의 막막함……. 하지만 그때 지우고 싶었던 기억들조차 지금의 소중한 추억으로 남아 있다. 그것은 청춘의 특권이리라.

텔레비전에서 흘러나오는 소리에 문득 시간이 멈추어진다. 잠시 정적이 흐른다. 나는 무대 뒤 조명에서 비추는 그 빛으로 마치 정신을 잃은 듯 몽롱해진다. 음악소리가 점점 작아지더니 노래 가사는 과거의 전주곡처럼 빈 공간을 헤매는 듯 아득하다. 순간 불빛이 번쩍 거리며 누군가가 걸어 나온다. 스포트라이트를 받으며 전해오는 음성에서 진한 감동의 전율이 느껴진다. 내 마음은 어느새 무대 가운데에 자리해 있다. 그 환한 스포트라이트를 한 몸에 받고 서 있다. 마치 주인공처럼 말이다. 이제 리듬에 따라 몸을 살짝 흔들어 나를 깨운다.

인생이란 무대에서 나는 어떤 노래를 부를까 생각한다. 상상 속에 비친 내 모습은 결코 비극적이지 않다. 오히려 감동의 순간들이 나를 감싸 안으니 행복감이 밀려온다. 어둡던 거실이 알 수 없는 빛으로 환해지고 그 빛줄기는 날개를 단 듯 어깨위에 앉아 삶의 무게를 가볍게 한다.

오늘은 쉽게 잠이 올 것 같지 않다. 책장 속에 밀어 두었던 앨범을 집었다. 누렇게 빛바랜 흑백 사진 속에서 나를 만난다. 지금 이렇듯 행복감에 젖어 과거를 추억의 이름으로 회상하며 즐기고 있는 것은, 이 시간을 방해하지 않고 배려해 주는 가족들 때문이리라. 혹여 방문을 열고 큰 소리로 나를 불러도 오늘만은 답하지 않으련다. 지금의 이 시간을 먼 훗날 기억될 추억의 한 페이지에 오롯이 남겨 두기 위해서이다.

앞으로의 추억은 무엇으로 채워질까. 차곡차곡 쌓아 흩어지지 않았으면 좋으련만. 기초공사를 단단히 해야겠다. 연습 삼아 이것저것 가져다 놓아야지. 야무진 계획으로 시간을 보내니 엔딩곡이 흐른다. 벌써 끝날 시간이다. 푹 빠져 정신없던 나는 온데간데없고 알람을 맞추고 문단속을 하는 중년 주부로 돌아온다.

캔 맥주를 땄다. 거품을 입술에 대니 약간 씁쓸한 맛이 난다. 이번에 길게 마셨다. 안으로 깊이 들어가는 그 느낌이 좋다. 갑자기 사람들이 왜 캔 맥주를 다 먹고 손으로 우그러트리는지 궁금한 생각이 든다. 찌그려진 인생이나, 쭉 펴진 인생이나 내일은 온다. 추억의 이름으로 미소 지을 수 있는 그 날을 위해 또 하나의 캔 맥주를 땄다. 그 소리가 왜 이리 좋을까.

내일을 기다리며 잠들 수 있는 오늘이 좋다.

마음자리

본래 있어왔던 자리에서 계절은 자연스러운 순환을 시작한다. 여름이 머물고 간 자리에 가을은 지나가던 바람을 싣고 살포시 내려앉는다. 바람이 한옥 창에 스치면 나무에서 작은 울림이 들리고, 그 소리는 마음에 닿은 듯 잔잔히 번지며 퍼진다. 계절이 기다림으로 절기마다 아름답게 되살아나고 있듯이 내게도 오랫동안 소원하던 일이 이루어졌다.

거창하게 너스레를 떨 만큼 내게 그 일은 나름의 의미 있는 일이다. 그것은 아파트를 한옥으로 꾸미는 일이다. 어릴 적 대청마루에 누워 보던 하늘과 코내음새 자욱했던 앞마당의 분꽃들이 기억 저편에서 손짓하듯이 내 마음에 닿는다. 나는 한 치의 망설임도 없이 차곡차곡 일을 진행시켰다.

아파트에서 아파트로 이사를 결정하고서 내내 마음에 내키지 않는 그 무엇이 있었다. 그리곤 어느 날부터 한옥에 살고 싶은 마음이 불쑥 들어 온 이후로 그 마음은 계속되었다. 급기야 아파트를 한옥으로 꾸미자고 마음을 먹고 가족회의를 열었다. 의외로 가족들도 반기는 눈치다. '어떻게 꾸밀 것인가'가 문제라면 문제다. 특히 반대할 것 같았던 남편의 적극적인 지원이 나의 선택에 용기와 힘을 실어 주었다.

나는 한옥과 관련된 자료를 찾아보며 손수 그림을 그렸다. 이미 내 상상속의 집은 거의 완성되어 갔다. 베란다를 트고, 위는 서까래, 아래는 툇마루, 옆은 물레방아가 도는 작은 정원 등으로 전체적인 그림이 완성될 무렵에 입구부터 공사를 시작했다. 현관은 집의 얼굴이다. 입구부터 한옥의 느낌을 물씬 풍기고 싶어 욕심을 냈다. 시멘트로 마감된 벽면에 낙엽송 나무로 돌려 두르고, 신발장 앞 바닥에도 나무를 깔았다. 그랬더니 근사한 외관으로 탈바꿈했다. 더욱이 신발 냄새도 잡아주어 일석이조의 효과를 누린 것 같다.

가장 중요한 거실 베란다 확장 공간은 생각보다 만만치 않았다. 한옥의 고유한 형태를 살리기가 어찌 쉽겠는가. 시간을 내 한옥 집을 찾아가 그 모양을 보거나 설계사무실도 여러 번 오간 끝에 처음 마음먹은 대로 실행에 옮기기로 했다. 확장된 베란다에 옛날식 툇마루와 서까래로 천장을 하기로 하자 마음이 후련해진다.

그러고도 욕심을 더 내어 미닫이 한옥 문을 달았다. 마루 전체를 에워싸는 여덟 개 문은 나뭇결과 어우러져 그 자체로 우아한 자태를 뽐냈다. 문 모양도 여러 차례 고민하다 장수와 건강을 비는 거북이 등을 닮은 완자문이라 이름 붙인 팔각문으로 달았다. 햇볕이 좋은 날이면 나무창살을 뚫고 들어오는 빛이 팔각정을 만든다.

그것뿐이랴. 산허리에 걸쳐진 노을이 창안으로 비치면 그 자리는 마치 한 폭의 산수화 같았다. 추운 날씨를 위해 결정한 이중창은 실용성과 운치를 더하는 거실의 일등공신이 되었다. 어렵사리 옻칠도 여러 번 했다. 그래서인지 나뭇결이 되살아나 마치 숲에 있는 듯 나무향이 풍겨져 나왔다. 집안 곳곳 칸칸이 다른 모양의 나무 벽장은 물건들과 어우러져 안정감을 더했다.

그런데 얼마 지나지 않아 나의 몸에 이상한 반응이 오기 시작했다. 팔과 다리에 수수모양 같은 붉은 것이 오돌오돌 나기 시작했고 급기야 가려움증을 유발했다. 유난히도 더운 여름 날씨와 더불어 그 부위는 손바닥만 한 크기로 번져 나갔다. 병원을 다녀온 후 식물 접촉성 피부염이라는 진단을 받고 한 달가량 고생했다. 그리고 그 자리에 거무스름한 흔적을 남기고 여름과 같이 사라졌다.

나무를 업신여기다 벌 받은 기분이랄까. 식구들 모두 괜찮은데 유독 내게만 온 피부병. 겁 없이 나무의 자리를 옮겨온 탓이 아닐까하는 생각이 머리를 떠나지 않는다. 수고도 없이 지나친 욕심이 한 차례 나의 몸을 다녀 간 후, 나는 깨달았다. 지금 내가 누리고 있는 것들의 자리를 한 번도 생각해 본적이 없음을. 그런 탓에 나의 몸이 안에서 밖으로 이탈을 시도한 것만 같아 짐짓 부끄러운 생각이 스친다.

"몸이 먼저 알고 말한다"라는 단순한 진리를 몸소 체험하고 난후, 주변을 찬찬히 살펴보았다. 물건들이 적절히 놓여 있는지, 잘 사용되고 있는지……. 제자리를 찾는다는 것이 결코 쉬운 일이 아닐 텐데. 감당해야 할 물건들이 육중한 무게로 나를 누른다. 욕심이 과했다. 꼭 필요한 곳에 덜어내고 비워야지 생각하니 마음이 한결 가벼워진다. 자연이나 사물들도 각자의 자리를 지키기 위해 침묵의 진실된 소리를 전하고자 한다. 이러할진데 하물며 마음의 자리는 얼마만큼 혹독한 대가를 치러야 온전히 자리 잡을 수 있을지 겁부터 난다.

언젠가부터 소중한 것들의 가치를 잊고 지내기 일쑤다. 그러다 시간에 휘둘려 알지도 못한 채 잊거나 조금씩 사라진다. 나의 몸과 마음이 바삐 움직여야 할 때인 듯싶다. 이런 저런 생각으로 마음보다 몸이 먼저 움직인다. 몸이 시도 때도 없이 불쑥 일어나 부산을 떠는 것은 아직 마음자리가 제 곳을 잡지 못한 연유일지 모른다. 하지만 이젠 걱정이 덜 된다. 마음을 눌러 줄 나무기둥이 집 안 곳곳에 터를 잡았으니 핑계 삼아 안심이 되기도 한다. 나무가 나의 몸을 통하여 자리를 일러준다.

"사람 좋으면 그만이지. 다른 건 필요 없지." 할아버지가 생전에 입버릇처럼 하신 말씀이 귓전을 맴돈다. 과연 그럴까, 수긍하지 못하고 달그락거리며 입방정 떨었던 어린 시절이 떠오른다. 그 후로도 조건을 따지며 살아왔던 지난 시절도 스친다. 별이 바람에 스치우는 것은 찰나의 순간이다. 순간도 이처럼 그 자리에서 아름답게 빛나기 위해 순간순간을 이어 언제나 우리를 비춘다.

좋은 사람의 마음자리가 어두운 곳에서 빛나는 것처럼.

끈

처음에는 모두 남으로 만난다. 한번 맺은 인연으로 평생을 두고 만나기도 하고, 가슴 한편을 쓸어내리는 헛헛한 쓸쓸함으로 남기도 한다. 아직은 인연의 끈을 묶는 일이 서툴러 때때로 엉키거나 끊어지는 일이 있기도 하다. 시작과 같이 이미 정해진 만남이라면 구태여 회피하며 돌아갈 일은 아닐 텐데. 내 마음의 끈을 풀어 놓는 일부터 시작해야 할 터이다. 글에서 만나 글의 맛을 찾아가는 작은 모임이 만들어 준 소중한 인연은 잔디가 옹골차게 머리 내미는 몇 해 전 이맘때로 거슬러 올라간다.

중학교 국어 선생님들이 주축이 되어 만들어진 문학교실은 차츰 주변으로 알려져 인문학에 관심을 가지는 주민들에게까지 확대되었다. 지역의 문인들은 물론 다른 지역의 이름 있는 문인들을 초청해 듣는 형식이다. 그 후 서로 작품을 가져와 발표하기도 하고, 의견을 나누는 합평회까지 이어지는 명실공히 제대로 문학공부를 하기에 이르렀다. 2기 수강생 딱지를 단 후로 지금까지 이어지는 문학모임은 나에게 또 다른 길을 열어주었다. 그것은 고여 있는 샘물을 길어 올려 주는 마중물 같기도 하여 새로운 삶으로 이끌게 한 소중한 인연으로 이어졌다.

한 학기 수입을 마치는 날, 아쉬운 마음에 다들 미뭇거리고 있을 즈음 모임을 이끄신 선생님께서 자택으로 자리를 옮겨 시간을 더 가지자고 제안을 했다. 금세 분꽃처럼 조붓한 웃음이 서로의 눈을 통해 전해지면서 자리를 옮겼다. 조금 뒤처진 나는 자동차 주차할 곳을 찾지 못하다 자전거 몇 대만 세워져 있는 곳에 주차를 했다. 다른 차들이 보이지 않았지만, 늦은 탓에 살펴보지 못하고 안으로 들어서기 바빴다. 서예와 그림 그리는 도구들, 그리고 작품이 곳곳에 장사진을 이루고 사방이 책으로 둘러싸인 토담방에 우리들은 무릎을 붙이며 앉았다.

서예에 관심을 가져 뒤늦게 공부를 더하셨다는 선생님과 미술을 전공하신 부인이 같이 쓰는 작업실 한쪽에 마련된 방이다. 방 가운데에는 나무가 반으로 잘라진 형태의 모습을 그대로 드러내며 낮은 자태로 우리를 편안하게 반기는 듯했다. 또한 별의 움직임을 볼 수 있는 넓은 창은 부부의 예술적 삶을 느끼기에 충분했다.

부인은 손수 만든 수선화 꽃그림이 그려진 부채를 주시고는 쑥스러운 듯 재촉해 안채로 가셨다. 화장기 없는 작은 눈빛에서 방금 받은 수선화를 보듯 고운 심성과 순수함이 엿보인다. 문학의 끝도 없는 물음이 천장을 타고 왕왕 소리를 낼 때쯤이다. 선생님은 차 준비에 바쁘셨다. 꽃잎모양의 나무받침, 입술선 같은 작은 잔들이 나무 상 위에 자리를 잡더니 말로 다하지 못한 사연을 풀어내기라도 하듯 소리를 내기 시작한다. 차르르 또르르…….

잔 위로 떨어지는 물소리가 마음에 닿으니 목에서 지르던 소리는 슬그머니 뒤로 물러나 앉는다. 남으로 만나 어떤 끈으로도 묶일 수밖에 없는 삶이 때론 고이지 않고 아래로 흐르는 물처럼 살 수 있으면 얼마나 좋을까 생각했다. 문득 혼자 생각에 빠져 한참을 헤어 나오지 못했던 그 날이 내겐 이런 기분으로 살아야지 하는 바람을 가지게 했다. 그리고는 차를 대하는 예법과 차의 내력을 말해 주시더니 차 맛이 좋기로 자자한 우롱차를 선보이신다. 아울러 차를 보관하는 방법도 일러주었다. 원래는 숨 쉬는 항아리에 보관하면 좋고 여의치 않으면 장롱 윗부분에 놓아두란다. 본디부터 귀한 차는 높은 곳에 두어야 변하지 않는다는 명인의 말씀이 떠올랐다.

귀한 차 덕에 한껏 분위기가 달아올라 있으려니 이번에는 S라벨이 붙은 양주를 들이미신다. 잔에 따라 놓고 보니 향만 다를 뿐 빛깔이 기막히게 같다. 선생님의 추천으로 차를 마시고 같은 잔에 술을 따라 마시니 그 향이 진하게 느껴진다. 본인 취향에 따라 알아서 마시라고 가운데 놓아두니 의외로 잘 어울렸다. 그 향기가 방 안에 가득하고 서로에게 반사되는 얼굴에서 알 수 없는 빛이 감돌았다. 이제와 보니 그것은 바로 향과 사람에 취한 것이 아니었나 싶다. 생소한 경험이라선지 아니면 차를 안주 삼아 같은 빛깔의 술을 마신 까닭인지 평소보다 양볼이 불그스레해 졌다. 그 홧홧함이 가슴으로 내려오면서 우리는 속내를 드러냈고, 그 마음 자락은 보이지 않는 끈으로 단단히 묶이는 것 같았다. 그 끈은 아직까지 풀리지 않은 채 우리 곁에 있다.

그 인연은 바람을 타고 사모님이 딸아이의 미술선생님으로 이어졌다. 찾아뵙고 인사를 드리진 않았지만 가끔 모임에 오시니 무척이나 반갑다. 아이에게까지 이어지는 끈나풀을 놓고 싶지 않아 미술공부 열심히 하라고 해대는 속보이는 엄마가 되기도 했다. 일이 있어 근처에 갔다 선생님 댁에 들렀는데, 인기척이 없어 잠깐 그늘에 앉았다. 잔디를 내려다보니 한쪽에 숭숭한 자리가 보여 가까이 가보았다. 그런데 그 자리에만 잔디가 제대로 살아나지 못해 흘깃흘깃 흙이 보인다. 순간 그날이 떠올랐다. 그곳에 차가 없었던 사실을 그제야 알았다. 어두워 잘 분간하지 못했더라도 무척 창피한 일이다. 이런 무지가 나를 그늘에서 벗어나게 했고, 한동안 쨍쨍한 태양 아래 벌서듯 서 있게 했다.

자신을 위한 인연의 끈을 만들기 바빠 다른 것을 살펴보는 일에 소홀했던 어리석음이 나를 누른다. 잔디는 자동차 바퀴와 밟히는 연으로 만나 얼마나 아팠을까? 선택해서 만나는 것이면 누군들 그런 인연을 바랄까? 하지만 잔디는 후덕한 주인과 그날의 바람을 만나 그 자리에서 다시 초록의 싱싱함으로 되살아날 것이다.

가끔은 글 안에서 서성거릴 때가 있다. 오히려 글 밖에 있는 것이 행복한 일은 아닌가 반문해 보기도 한다. 요즘 들어 어떤 끈을 붙잡아야 할지 무척 고민스럽다. 지금껏 내가 잡고 있던 많은 끈들이 자못 의심스러워진다. 여태껏 누군가의 끈을 잡고 그리고 묶고 풀고를 수없이 반복했다. 또다시 알 수 없는 끈에 이끌린 나를 발견한다.

한번쯤 나도 누군가에게 풀리지 않는 끈이면 좋겠다.

길 위의 길

가끔 낯선 곳에 홀로 도착하는 꿈을 꾼다. 다른 곳에 담겨 있는 잠재력은 가슴을 뛰게 한다. '떠난다'라는 동사 속에는 존재한다는 사실에서 깨어 일어나게 하는 불씨가 담겨 있다. 이것은 행복해질 수 있고 사랑할 수 있는 장소가 이 세상의 어느 한곳에 따로 있지 않기 때문이기도 하다. 너무 늦기 전에 떠나는 연습을 한다면 가슴 속에 무언가 쓰러지는 소리를 듣지 않아도 될 성싶다.

세상과 만나는 길은 많다. 세계의 물길, 하늘 길, 사람 길 등등이 이야기와 함께 세계 곳곳에 펼쳐져 있다. 떠나온 곳으로 다시 돌아오는 것이 여행일지라도 여행은 늘 설렌다. 그렇다면 어떻게 여행을 준비할 것인가. 내 경우 여행을 하려고 하면 가장 먼저 가방을 싼다. 가방에 들어가야 할 것들이 그 안에 가득 채워져야 직성이 풀리니 여행 가방은 늘 무겁다. 버거운 여행으로 마음마저 무거워지니 여행의 즐거움을 만끽하기란 쉽지 않다.

여행을 위해 준비해야 할 것들은 결코 배낭에 넣어지는 것이 아니니 참으로 어렵다. 가장 먼저 해야 할 일은 여행에 대해 묻는 일이다. 느긋하게 배우고 낯선 이들과의 눈 맞춤도 익혀두어야 한다. 직접 여행을 계획하는 데서 오는 불안감을 떨치고 스스로의 여행 계략을 세우는 것부터 시작해야 한다. 여행을 느긋하게 배워야 하는 이유가 바로 여기에 있다.

여행이라는 말속에는 떠난다는 것, 그 이상의 그 무엇이 존재하지 않을까. 상상할 수 있다는 것은 사실의 존재 여부를 떠나 삶을 풍요롭게 한다. 모름지기 상상은 움직이게 한다. 감성이 쑥쑥 늘어나는 여행으로, 끝나지 않을 이야기로 이어지기 때문이다. 누구나 할 수 있는 여행은 열정만 가지면 스스로 해보기를 통해 쉽게 도전해 볼 수 있다. 여기에 '감상'이라는 것이 덧붙여진다면 금상첨화일 것이다. 생활에 집중하는 시간이 아닌 그로부터 한 발 물러나 지금의 나와는 다른 장소, 다른 시간 속에서 나를 바라볼 수 있는 방법 중에 하나가 여행에서의 감상이다.

결혼 후 처음 해외여행지는 발리였다. 벌써 십 년도 지난 그곳이 아직도 기억 속에 여전히 아름답게 기억되는 것은 곳곳의 풍경이 살아있기 때문이다. 결국 감상을 잘했다는 애기다. 발리로 여행을 선택한 것은 남편의 생각이었다. 업무 차 다녀온 곳이 무척이나 좋았던지 그로부터 2년 후에 동반여행을 하게 되었다. 그것도 패키지가 아닌 개인 여행으로 다녀왔다.

당시 발리는 신혼 여행지로 알려져 있는 휴양지다. 그래서인지 공항과 호텔 입구에서 꽃목걸이를 목에 두르는 기쁨도 누렸다. 발리의 사람들은 아침이면 가까운 곳에 설치한 제단에 그들의 신께 꽃을 올리는 풍습이 있어 가는 곳마다 꽃들이 지천에 있다. 하루 한두 차례 비가 오는 날씨로 습도는 높았지만 곳곳에 피어있는 꽃과 그들의 친절함이 불쾌감을 덜하게 했다.

개인 여행은 시간적인 여유가 있어 느긋하고 편안했다. 물어볼 것에 구애받음도 없거니와 구경할 곳도 찬찬히 감상할 수 있었다. 가이드와의 친밀감이 더해지다 보니 예정에 없던 곳도 가게 되는 행운도 따랐다. 발리의 간단한 인사말과 문화도 쉽게 익힐 수 있어 여행은 재미를 더했다. 그곳엔 이번 여행을 위해 준비한 시간에 보답하기라도 하듯 전통시장에서 현지인들이 직접 만든 물건들을 싸게 살 수 있었다.

여행을 마치고 온 후, 그 만족감은 더했다. 유적지와 문화를 찬찬히 감상한 탓에 내 손에 주어진 물건들이 값어치 있게 느껴졌으며 실로 그것은 다른 사람의 눈에도 근사하게 비쳤다. 우리 부부의 권유로 발리로 여행을 간 지인들이 여럿이다. 그들에게 행복한 여행이었다는 말을 듣게 되면 발리의 풍경이 되살아난다. 멋진 여행은 시공간을 초월해 기억되는 순간을 행복으로 물들이는 마력이 있는 것 같다. 그리하여 새로운 곳으로의 여행을 다시 시작할 수 있게 한다.

생활은 점점 삶을 짓누르고 우리는 잠시나마 여가를 만들기 위해 여행을 선택한다. 그곳에서 감상은 자신의 내면을 바라보는 과정을 통해 생활에 대치되는 여가를 만든다. 그리고 능동적인 나로 변화시킨다. 선택한다는 것 역시 만들어진 시간에 속한다. 이젠 그런 시간이 감성으로 이어지길 바란다. 이 모든 과정이 자기 자신에 대해 미처 느낄 수 없던 모습과 감정을 발견하는 신비한 체험으로, 생활을 잠시 비껴가는 방법으로서의 감상이지 싶다.

나이처럼 두 번 다시 되풀이할 수 없는 수가 늘어나면 익숙함 속에 간힌다. 그럴때 지나간 시절의 빛바랜 사진첩을 여는 대신 떠나는 것이 상책이다. 더 늦기 전에, 눈이 내리기 전에 떠나보내지 않는 청춘, 잠들어 버린 청춘을 떠나보내고 일깨우는 여행으로. 그러면 가슴 속에 진동하는 핏줄이 두드리는 외침을 들을 수 있을 것만 같다.

떠난다는 일은 참으로 쉽지 않다. 수없이 떠나 본 사람에게도 모든 떠남은 항상 최초의 경험이다. 하지만 다른 곳으로 떠나는 자는 낯선 곳에 대한 공포를 지불하는 순간에 가슴을 진동시키는 놀라움을 얻게 될 것이다. 감상은 찬찬히 관찰하는 것에서 시작된다. 감상하고 읽을 수 있으면 이야기를 만들 수 있다.

별자리도 그렇게 만들어졌을 것이다.

충동

골동품상 앞을 지나려면 왠지 들렀다 가고 싶은 충동을
느낀다. 그래봤자 마음에 드는 것이라도 하나 사들고 나올 형편도
못 된다. 그저 눈요기를 하고 나오는 데 그치는 정도다. 때로는 저
렴한 것을 만나 들고 나오는 적도 있으나 그것은 흠이 많은 것이다.

　예전부터 나는 고즈넉하고 손때 묻은 느낌이 좋아 골동품 가게에
놀러 가는 것을 좋아했다. 가게에는 오래된 물건과 헌책들이 다양
했다. 그리고 무엇보다 누런빛으로 색이 바래서 어떤 시간의 정지
를 감상하게 만들었다. 시간의 변천사를 보는 일도 신비로웠다. 주
인은 활짝 웃는 얼굴로 각지에서 들여온 좋은 물건들이 많다며 손
수 그것들을 꺼내 보이곤 했다. 그러면 나도 활짝 웃었다.

　나는 이 많은 물건들이 도대체 어디서 다 모인 것인지 궁금해졌

다. 주인은 오랜 시간 동안 이 물건들을 모아온 것이리라. 그래서 그런지 그것들을 구경하는 일은 타인의 역사를 훔쳐보는 미안함을 들게 하기도 했다. 그런데 오늘은 갑자기 이 물건들을 소장하고 싶은 욕구가 나를 충동질한다. 나는 거금을 들여 이것들을 집에 가져가 눈길이 자주 머무는 어떤 공간에 두고 오래오래 보고 싶다는 생각을 했다.

빛바랜 풍경도, 노르스름하게 낡은 질감도 기분을 좋게 하는 것은 분명하지만 이것들이 아름다운 이유는 다른 데 있다. 이내 바스러질 것 같은 골동품을 살아있게 만드는 것은 아직도 지워지지 않는 누군가의 흔적 덕분이리라. 그리고 만든 사람의 유일한 시간이 박제되어 있다는 느낌이 나를 사로잡았다. 그 시대의 흔적, 마른 도장에 누군가의 혼이 깃들어 있을 것만 같다. 그러다 내가 보고 있는 것들이 나에게 무엇을 말해줄 것인지 생각하고 보니 그것은 오로지 기억되고 회자될 수 있는 유일한 추억과 과거의 시간에 대한 상기가 아닐까 싶다.

그제야 나는 깨달았다. 필요한 것은 골동품이 아니었다. 더 이상 골동품을 살 수 없을 지라도 과거를 배우는 마음으로 순간을 살며, 하루하루 의미를 채집했던 시간들이야 말로 내가 감사해야 하는 것들이라는 것을 알았다. 오로지 나만의 유일하고 개인적인 추억만은 살아 있다는 것을 의심하지 않아도 된다. 나의 부스러기들이 먼 훗날 빛바랜 모습으로 보관될지라도, 그래서 더 아름다운 모양처럼 말이다. 여러 개의 주소를 향해 있는 단 하나의 내 이야기도 읽혀질 것이다.

골동품점을 나왔을 때는 내 그림자가 보이지 않았다. 인사동에 눈이 내리니 겨울다웠다. 거리를 다시 나선 내 손에는 오랫동안 만지작거렸던 골동품은 없었다. 하루하루 특별한 기억들을 만들기 위해서 애썼던 한 해도 끝이 나고 있었다. 이제 정말 기억해 내지 않으면 손에 닿을 수 없는 과거는 낯선 공간으로 남겨질 수 있다. 그래도 나는 그리워할 때를 위하여 순간순간 충실할 수 있는 힘을 사랑한다.

그것은 어디에서나 마찬가지일 것이다. 집에 있는 오래된 물건 중 제일 많은 추억이 걸쳐 있을 것 같은 목단 항아리를 골랐다. 시어머니에게 받은 골동품이다. 나는 이것을 바라볼 때마다 젊은 여인을 연상하게 된다. 흰 바탕에 목단 무늬로 되어 있는 항아리 몸통을 볼 때 더욱 그러하다. 혹 이것을 굽는 사람이 자기의 그리운 여인이나 자기의 아내를 생각하며 만든 것이 아닌가 하고 쓸데없는 생각을 해보기도 한다.

옛날 사람들이 이렇게 운치 있게들 살았을까. 어머니는 이 항아리에 마음 절실한 편지를 쓰셨을 거란 생각이 든다. 어쩌면 나도 다음 편지를 쓰게 될지도 모를 일이다.

골동품은 그 자체보다 지워지지 않는 삶을 향한 연서와도 같은 것이 아닐까.

체질

나는 대체로 겨울을 즐긴다. 특히 겨울 산에서 하늘을 올려다보면 저절로 눈에 눈물이 돈다. 조금도 슬픈 것은 아닌데, 그냥 눈물이 고인다. 차가운 공기가 눈을 씻어 주기 때문이다. 눈뿐만 아니라 폐부까지도 씻어 내준다. 그것은 가슴이 아린 자연의 선물이다. 이렇듯 찬바람 부는 겨울여행이 좋은 것을 보면 내 몸은 겨울체질인가 보다.

사람마다 타고난 체질이 있다. 남편은 여름을 좋아하고 나는 겨울을 좋아한다. 선호하는 계절뿐만 아니라 음식 취향도 다르다. 따뜻한 음식을 선호하는 남편과 달리 나는 물조차도 시원한 것이 좋으니 몸에 맞는 체질이 있는 것 같다. 한의학에서는 사람의 체질에 따라 구별이 있어 그 치료 방법을 다르게 적용할 필요가 있다고 말한다. 물론 사람의 기본 체질은 타고나기에 그 성격도 차이가 있다고 하니 상대방의 체질을 알면 매일 더 건강하고 행복한 삶이 되지 않을까.

체질대로 살면 생활이 즐겁다. 성격대로 산다는 말이 나올 만큼 체질에 따라 성격도 다른 것 같다. 남편은 아버지 없는 어려움을 이겨내려 스스로 아버지를 임명하고 성실로 징검다리를 만들어 간 사람이다. 인생을 재구성하여 행복을 찾아내며 자신을 긍정적으로 재구성한 사람, 즉 현재에 매몰되어 징징대지 않는다. 답이 안 나오는 상황일수록 그 상황을 잘 활용해 긍정적으로 만드는 사람이다. 본디부터 긍정적이지 않은 자신의 성격을 잘 알기에 매사에 애쓰는 모습이 역력하다.

반면 나는 뒷심이 부족하다. 육 남매 막내로 다복하게 어린 시절을 보내다 보니 악착같은 맛도 없다. 어찌 보면 지나칠 만큼 긍정적인 사고방식의 소유자다. 매사 좋은 것이 좋은 거란 생각으로 걱정이 없는 성격이랄까. 고민하는 시간도 대체로 짧다. 바위같이 짓누르던 고민은 한 번의 호방한 웃음 뒤 그 무게가 줄어든다. 이런 나는 식구와 친구들 사이에서 분위기메이커로 통한다. 간혹 실수를 할 때에도 친구들은 그다지 싫어하는 내색을 하지 않는다.

그뿐인가. 내가 빠지면 재미가 없다고까지 한다. 듣기 좋으라고 한 말이라도 나는 그 말에 즐겁다. 자신을 긍정으로 재구성하든, 긍정성이 몸에 배어 있든 그 방향이 같으면 좋은 쪽으로 흐르기 마련이다. 물론 사고하는 방법과 과정은 다르다. 허나 긍정적 사고라는 틀 안에서 크게 벗어나지 않으니 다투는 일도 많지 않다. 차츰 우리 부부는 취향이 비슷해지면서 추억에 추억이 보태진다. 상대방에 대한 배려와 이해심이 있다면 체질도 변하게 하는 것 같다.

올봄, 어머님이 위독하셨다. 치매 증상까지 겹쳐 좋지 못한 생각이 들었을 때도 난 잘 될 거란 생각으로 간호에 전념했다. 다행히 치매가 아닌 약간의 '섬망'이라는 담당의사의 말을 듣고 한시름 놓았었다. 개나리가 지고 벚꽃이 만개한 때 어머니는 퇴원하셨다. 그리고 지금, 더운 여름을 잘 보내고 계신다. 무척 감사한 일이지 않는가. 어려운 일을 겪을 때마다 드는 생각이 있다. 부부 사이나 막역한 친구 사이나 서로에 대해 칭찬을 아끼지 말아야 한다. 어색한 일일 수 있으나 칭찬만큼 사람을 긍정적으로 바꾸어 주는 것이 어디에 있겠는가.

어느 한쪽으로 깊게 하거나 넓게 하면 쏠리기 마련이다. 어느 정도 개인의 성향과 취향을 이해한다면 통제 불능 상태는 없을 것이다. 생각의 깊이와 넓이가 조화롭게 균형을 이루면 된다. 원로 철학자의 말을 빌리지 않더라도 우리는 알 수 있지 않는가. "인생에는 정답이 없다"라는 불멸의 진리를 말이다. 어차피 한 번 사는 인생이다. 인생은 자신이 낸 숙제를 스스로 풀어가는 과정이라고 본다. 허면 구태여 어려운 문제를 낼 필요가 있겠는가. 그냥 강아지처럼 살살 데리고 가는 것도 괜찮지 싶다.

주변에 '답답증'을 호소하는 친구들이 있다. 나는 호기 있게 말한다. '바람의 소통 길이 막혔고, 막혔다면 뚫어야하고, 바람이 없으면 바람을 만들어야 한다. 내가 바람을 만들겠다고. 내가 당신의 바람이 되겠다고.' 그러면 친구들은 처음엔 신기한 눈으로 보다 곧바로 의심의 눈으로 나를 쳐다본다. 고독은 당해 본 사람만 안다. 난 그 고독을 이기지 못했다. 그래서 난 언제부턴가 이 기류에 적응하기로 했다. 심호흡을 하고, 바람의 기류에 몸을 맡기니 건강도 좋아졌다. 상대방보다 먼저 바람이 되면 될 것을 매번 바람이 불어오는 쪽에 모여 있으니 답답한 노릇이다.

작전을 바꾸자. 바람을 소통시킬 수 있다. 소통하고자 노력하는 그 누구하고도 함께할 수 있을 것이다. 나는 이미 발을 들여 놓았다. 나를 아는 사람들은 이제 공범이다. 하지만 이것은 비밀이어야 한다. 자신만 아는. 체질 따윈 문제가 되지 않으니 걱정하지 말라.

모두 한결같다.

4부

———

다이어리

다이어리

요즈음 궁금한 물음에 대답하기가 쉬워졌다. 인터넷 검색창에 넣고 치기만 하면 웬만한 것은 알 수 있다. 근래 가장 많이 검색하는 단어가 '시간'이다. 가장 관심 있어 할 듯한 '사랑'이나 '행복'보다 더 많다. 그렇다면 왜 이토록 시간에 관심을 갖는 것일까?

아마도 알 수 없는 것에서 오는 두려움 때문일 것이다. 인간이 가장 두려워하는 것은 시간이다. 죽음이 아니다. 죽는 날짜가 정해져 있다면 죽음을 두려워할 사람은 아무도 없을 것이다. 시간을 두려워한다는 이야기다. 어디로 어떻게 흘러가는지 종잡을 수 없는 시간에 대한 공포에 맞서기 위해 만들어진 것이 달력이다.

달력은 세월 속에서 진화해 다이어리가 됐다. 일상의 크고 작은 일정 기록뿐 아니라 삶의 목표나 구체적 계획과 방법에 이르기까지 다양한 다이어리가 나온다. 가방 속에 필수품이 된 다이어리를 사용하는 사람들은 마치 시간이 자신의 통제에 있는 듯 한 기분을 느끼게 된다. 시간에 대한 불안을 조금이라도 극복하려는 대안일지도 모른다. 최근에는 핸드폰에 일정을 메모할 수 있는 편리한 기능으로 다이어리 주문이 꽤 줄어들었다고 한다. 하지만 나에게 다이어리는 여전히 그 무엇보다 우선시 된다.

연말이 되면 새 다이어리를 사는 일은 내게 매우 중요한 일이다. 한 해가 마음먹은 대로 풀리지 않았던 해에는 11월부터 다이어리 매장을 어슬렁거렸던 적도 있다. 아마도 빨리 한 해를 잊고 싶어서였는지 모른다. 그렇다고 과거가 사라지거나 잊히는 것은 아니다. 하지만 과거에 대한 현재의 태도가 다가오는 미래의 방향을 결정하는데 중요한 것은 분명하다.

한 작가의 책이 생각난다. 스펜서 존슨의 《선물》이다. 전 세계 6천만 독자의 인생을 바꾼 베스트셀러 《누가 내 치즈를 옮겨을까》 그 두 번째 이야기다. 이 책이 전하는 메시지는 의외로 간단하다. 누구에게나 주어진 '현재'라는 평범한 선물이 우리 일생을 좌우하는 가장 위대한 선물이하는 것을 소박한 이야기로 펼쳐 보인다. 귀중한 시간을 사용하는 세 가지 방법, 즉 현재 속에 살기, 과거보다 더 과거에서 배우기, 미래를 계획하기 등으로 나누어 소개한다. 많은 철학자들도 '지금 여기'에 대한 강조를 아끼지 않는다. 그 말은 '바로 지금' 일어나는 것에 집중하라는 것이다. 소명을 갖고 살면서 지금 중요한 것에 관심을 쏟아야 한다는 이야기다. 또한 과거에 일어났던 일을 돌아보되 소중한 교훈을 배워 지금부터는 다르게 행동하기를 당부한다. 그것이 실현되도록 계획을 세우고 지금 계획을 행동으로 옮기라는 뜻이다.

다이어리는 현재의 기록이자 지난 한 해를 기억하는 방식이다. 지난 한 해, 고통스럽고 힘들었던 기억뿐이라면 오는 한 해도 별반 다르지 않을 것이다. 후회할 일, 수치스러운 기억만 자꾸 떠오른다면 오는 한 해도 마찬가지가 될 것이다. 다들 경제가 어렵다고 한다. 특히 세월호 사건으로 침체된 분위기는 좀처럼 회복될 기미를 보이지 않는다. 국정도 시끄러우니 현재에 집중하기가 그리 쉽지만은 않다. 하지만 경제가 좋았던 적이 있었던가? 모두 어렵다는 이야기만 한다면 그 불안은 눈덩이처럼 불어나 계속 어려워질 수 있다.

내가 어렵사리 부어온 적금이 예상외로 쓰였다. 무척 속상했으나 즐겁고 행복한 일도 있었다. 우선 큰딸이 편입시험에 합격했다. 대견한 일이다. 학교 공부에 자격증 시험, 영어까지 공부해야 하는 힘든 과정을 잘 해냈다. 딸은 새로운 생활이 힘들지만 기분은 항상 유쾌하다. 식구들에게도 참 잘한다. 나도 소원하던 일을 성취했다. 이 얼마나 즐겁고 감사한 일인가.

새로운 한 해를 잘 맞이하려면 지난 한 해 동안 감사하고 즐거웠던 일부터 기억해야 한다. 새 다이어리 첫 장에 지난 한 해 동안 즐거웠던 일을 기억나는 대로 적을 것이다. 그러면 오는 한 해, 그 즐거운 일이 몇 배로 늘어나지 않겠는가. 고마웠던 사람을 적는 일부

터 시작하자. 좋은 생각으로 가득 찬 마음에 전화를 걸어 안부를
묻기도, 일부러 시간을 내서 만나고 싶다. 오는 해에는 고마운 사
람으로 빼곡할 다이어리를 상상한다.

눈이 오기 전에 새 다이어리를 사야겠다.

가을의 고독은 설렘이다

가을이 깊어지면서 매일 나무를 바라보는 습관이 생겼다. 여름을 강렬하게 보낸 잎들이 가을을 온몸으로 받아들인다. 내 마음에도 주저 없이 가을이 들어온다. 가을로부터 아련한 속삼임이 들리기 시작하면 어느새 그리움의 덩어리들이 주렁주렁 달린다. 그때부터 그 언저리는 한 폭의 그림으로 물들어가니 눈길 닿는 곳, 발길이 머무는 곳에 이 가을을 묻어두고만 싶은 심정이다.

옷장을 열었다. 등산복과 골프 및 운동에 필요한 갖가지 옷들로 가득 차 있다. 이렇게 많았나 싶을 정도로 빼곡한 옷을 보니 즐긴다는 말이 무색해진다. 중년을 보상이라도 하듯 건강과 멋을 위해 사들인 옷들이 육중한 무게로 나를 누르는 것 같다. 즐긴다는 이유로 겉멋에 휘둘린 나를 탓할 밖에 무엇이 있겠는가. 아마 생활중독에 빠진 것이 분명하다. 남이 하는 것은 다하고 싶고 그래야 무언가 성취감을 느낄 수 있으니 말이다. 철마다 돌아오는 이 계절도 즐기지 못한 내가 오늘따라 안쓰럽기까지 하다.

나를 힘들게 하는 중독은 무엇일까. 살면서 나를 괴롭히는 것은 무언가에 집착한 경우다. 이런 집착이 도를 넘어 심해지면 중독이라는 표현으로 일상생활에 큰 지장을 주게 된다. 남자들이야 대부분 술이나 담배, 경우에 따라서는 도박이 포함될 텐데, 중독은 이렇게 위험성을 인지하면서도 빠져드는 경향이 있지만, 때로는 내가 의식하지 못하는 상태에서 빠지는 경우도 있다. 내 경우는 후자이다. 항상 나 자신은 그런 중독과는 무관하다고 생각하는 것이 문제라면 문제다. 지금 내 모습을 보니 초기 중독 상태다. 쇼핑 중독! 에너지 중독!

쇼핑 중독은 여성들에게 많은 것 같다. 미국의 경우에는 전체 6%가 쇼핑 중독이 걸린 것으로 파악되고 있고, 전문적인 치료가 필요하다고 한다. 홈쇼핑이 이유 중 많은 요소를 차지하지만 쇼핑하고 나서 느끼는 그 만족감이 더 문제인 것 같다. 에너지 중독도 별반 다르지 않다.

식탁 위에 그득한 영양제와 드링크들. 몸에 좋은 즙으로 냉장고도 몸살을 앓고 있다. 에너지 중독은 비용도 비용이지만 직접적으로 불면증, 심장질환, 편두통 등 건강에 문제를 발생시킬 수 있단다. 그 밖에도 일상생활의 중독은 많다. 탄수화물, 건강, 인터넷,

게임 중독 등등이 여기에 해당된다. 전문가의 소견을 들어보면 의외로 간단하다. 끊으려고 하면 안 되고 그 대안을 찾아야 한다고 말한다. 그리고 그 습관을 과감히 바꾸는 그런 지혜가 필요할 때이다. 나는 생활중독을 벗어날 수 있는 대안 중의 하나를 이 계절에 즐기기로 했다. 또한 계절도 즐기지 못하고 지나가는 것을 견딜 수 없기에.

가을은 산자락을 한층 더 운치 있게 덮어놓았다. 물론 사계절도 나름 그 빛으로 아름답다. 봄이면 피는 화사한 벚꽃 길, 여름이면 시원하게 펼쳐진 물길, 겨울이면 하얀 눈길. 그래도 내 보기엔 낙엽을 맞기도 밟기도 하는 가을 길이 최고이지 싶다. 우리는 가을에 빚지고 사는 사람처럼 이 계절 여기저기로 떠난다. 가을을 놓치고 싶지 않아서다. 올해는 유독 은행나무 밑에 은행알들이 많이 떨어져 있다. 그 알들이 자동차 바퀴에 밟히면 구릿한 냄새가 한참을 간다. 그래도 그 주변을 서성이는 때가 많으니 가을은 가을인가 보다.

특히 늦가을이 좋다. 오래전 읽었던 소설이 생각난다. '머무르고 싶었던 순간'이란 제목인데 지은이는 생각나지 않는다. 가을 벤치에서 남녀의 이별을 아름답게 묘사했던 것이 매우 인상적이다. 가을은 왜 쓸쓸할까? 생각한다. 어느 계절보다 산자락은 울긋불긋 화려하고 거리마다 나뭇잎들이 총천연색으로 춤을 추는데도 말이다. 가을은 왔다 싶으면 어느 새 나무가 옷을 벗는다. 아름다운 것은 너무 빨리 사라져버린다. 그만큼 머무르고 싶은 순간도 많다. 도대체 머무를 수 있는 것이 무얼까 고민해보니 갑자기 지치면서 외롭다. 쉽게 물들지 못하는 마음을 잠시 가을 곁에 두고 싶다. 외로움을 견뎌야 고독을 즐길 수 있을 테니.

어느새 가을이 바닥까지 물들이고 있다. 노란 은행나무가 줄지어 영혼의 소리로 가을을 부른다. 사연 담은 나뭇잎도 쉴 새 없이 나뒹군다. 나무는 온 몸으로 가을을 안는다. 바람이 생채기를 내놓고 달아나도, 난데없이 휘갈기는 비에도 푸념하는 일이 없다. 그냥 그 자리에 서서 한결같다. 좋은 친구라 반기고 믿지 못할 친구라 물리치는 일을 하지 않는다. 있는 그대로 친구로 대한다. 가을 나무는 속속들이 이해하고 진심으로 이해한다. 서로 마주 보기만 해도 기쁘고 일생을 이웃하고 살아도 싫증내지 않는다. 항상 감사한다. 그러기에 나무는 언제나 하늘을 향하여 손을 쳐들고 있다. 온갖 것에 귀를 기울이면서.

나는 가을 냄새를 한없이 사랑한다. 즐거운 생각에 잠겨 피곤했던 일상이 감추어진다. 초록이 자취를 감추어버린 자리를 낙엽이 대신한다. 나는 그것을 보면서 생활의 상념에 잠긴다. 사소한 일로 마음 상해 서로에게 생채기 주었던 친구. 다시 태어나면 나무처럼 변함없이 살자고 낙엽으로 책갈피 만들며 약속했던 친구들이 무척 생각난다.

나무에서 나뭇잎이 떨어지는 것을 보고 있다. 무언가 애쓰고 있다는 것이 느껴진다. 낙엽은 그 이듬해 다시 고운 빛깔을 내기 위하여 스스로 노력중이다. 가을바람에 떨어지는 것은 낙엽만이 아니다. 마음도 자꾸 흩날려 어디든 가고 싶다. 오랫동안 나무벤치에 앉아 있으려니 내 마음자리도 고운 빛으로 물들 수 있을 것만 같다.

　나무도 사람도 천명을 다한 후에 다시 흙과 물로 돌아간다. 자연스럽게 나를 맡기자. 계절이 지나가듯 천천히 느끼자. 그러면 생활 중독 따윈 문제될 것이 없다. 깊어가는 가을이 한층 산 보람을 느끼게 한다.

　가을은 앙상하게 남겨질 계절을 위해 애쓰는 준비의 시간이다.

추임새

삶에도 추임새가 필요하다. 살아오면서 그 필요성을 알아차린 것은 그리 오래되지 않는다. 추임새는 무대에서만 사용하는 것으로 알았다. 추임새란 창극이나 판소리에서 장단을 짚는 고수가 창의 군데군데에서 창하는 사람의 흥을 돋우기 위하여 삽입하는 소리이다. 예를 들면 '좋다. 좋지, 얼쑤, 지화자, 잘한다' 등이 여기에 속한다. 이때 고수는 잘하건 못하건 추임새를 넣어 주어야 한다. 신명나는 추임새가 관객과 공감을 이루면 더욱 멋진 무대가 된다. 인생도 매한가지. 살면서 추임새가 필요한 때가 매우 많다.

중학교 때의 일이다. 전교생이 모인 자리에서 성가대의 합창이 있었다. 학교의 중요한 행사 날이라 내·외빈 손님들이 앞자리를 가득 매우고 있었다. 내가 맡은 파트는 소프라노다. 몇 명 되지 않는 소프라노 파트는 조그만 실수해도 확연히 드러나기에 나는 틀리지 않으려고 악보를 보고 열심히 불렀다. 잘하는 것보다 틀리면 안 된다는 생각만으로 노래를 불렀던 것 같다. 그러다 그만 박자를 놓치고 말았다. 긴장해서 지휘자의 얼굴, 옆 친구와 눈도 마주치지 못한 채 불렀으니 어찌 보면 당연한 일인지도 모른다.

단상을 내려오는데 선배언니가 내 손목을 잡고 잘못된 점을 조목조목 지적해 준다. 나는 쥐구멍이라도 들어가고 싶은 심정이라 성가대 선생님의 얼굴을 똑바로 볼 수 없었다. 평소 연습처럼 부르면 무난할 것으로 생각되어 중요한 파트를 나에게 맡겼는데 좀 더 잘 해보겠다는 욕심이 문제였던 것이다. 나를 믿어 주셨던 선생님께 죄송한 생각도 들었지만, 단원들의 얼굴을 어떻게 볼까 싶어 마음이 무거웠다. 그러나 성가대 선생님은 그 때 있었던 일에 대해서 아무런 말씀도 없으셨다. 꾸중 듣는 것보다 더 마음이 불편했다. 이미 다른 사람으로부터 지적을 받아 굳이 어린 가슴에 상처를 주지 않으려는 배려이었던 것 같다. 진정으로 잘못을 뉘우치고 있는 사람에게 꾸짖지 않은 것도 추임새 이상으로 기를 살려준다는 것을 선생님은 이미 알고 있었나 보다.

나는 심부름을 참 잘한다. 막내로 자란 이유도 있으나 호기심이 많아 심부름 가는 길이 무척 흥미롭다. 자주 가던 가게 주인은 입버릇처럼 "또 너냐. 참으로 말도 싹싹하게 잘한다. 나중에 선생님 되겠어"라며 군것질거리도 자주 주셨다. 직장생활을 하는 동안에도 '센스 있다', '감이 있다'는 말을 자주 듣곤 했다. 그 때문인지 회의에 필요한 것들이나 회식자리를 잘 골랐다는 칭찬을 받기도 했다. 이런 평범한 이야기가 당사자인 나에게는 더할 수 없는 추임새로 다가왔다. 더욱 잘하여 기대에 부흥하겠다는 신바람으로 느껴졌기에 더 자신 있게 생활할 수 있었던 것 같다.

요즈음 초등학교 졸업식장에서는 반 전체가 상을 받는 일이 많다고 한다. 모두가 학업성적이 우수해서 그런 것이 아니다. 그것은 담임선생님이 학생 하나하나의 특성을 파악하고 그 아이가 가장 잘하는 것을 선정해 상을 만들어 주시는 것이다. 누구라도 한 가지 잘하는 것은 타고 나기 마련이다. 그것을 찾아내 추임새를 넣어주면 그 아이는 그 힘으로 장점이 많은 아이로 자랄 것을 기대하시는 선생님의 마음이 깃든 것이다. 칭찬은 살아가는 데 필요한 추임새다. 칭찬은 고래도 춤추게 한다는 말이 있지 않은가. 누구든 칭찬을 받으면 바뀔 수 있다. 칭찬은 곧 인정받았다는 것과 크게 다르지 않다. 적절한 추임새는 자신감을 불러일으키는 힘을 가지고 있다.

부부간이나 아이들에게 있어서도 추임새는 더욱 중요하다. 행복을 빚어내는 촉매제가 되기 때문이다. 주부에게 쇼핑은 일상이다. 대부분 남편과 백화점 가기를 싫어하는 것은 의견일치가 잘 되지 않아서다. 이럴 때 필요한 것이 추임새다. "당신은 역시 보는 눈이 있어. 당신의 판단이 맞을 때가 많아"라는 추임새를 자주 사용해 보면 좋지 않을까. 역시나 아이들의 질문에 그 아이 수준에 맞는 추임새를 넣어주고 답변하면 어떨까. 엄마와 대화하는 것을 좋아하게 될 것이다.

세계인의 축제 '월드컵'에서도 응원의 힘이 중요하게 작용한다. 개최국의 성적이 좋은 이유가 바로 응원의 힘 때문일 것이다. 올해 우리나라 선수들의 성적이 좋지 않아 공항에서 바나나를 던졌다는 이야기를 듣고 안타까웠다. 그럴수록 용기의 추임새가 필요한데, 무심코 던진 말 한마디가 오해가 되고 다툼의 원인이 될 수 있다. 말을 아끼되 추임새는 많이 하는 사람이면 좋겠다.

중년에게 필요한 추임새는 친구의 목소리다.

읊조림의 여유

며칠 전 지인에게 전화가 왔다. 출판기념회에 와서
시 한 편을 낭송해 달라는 부탁이었다. 거절해야 할지, 그냥 낭독
해야 할지 고민이다. 낭송은 시를 외워서 하는 것이라 무척 부담이
간다. 무조건 외워서 될 일도 아니니 더욱 걱정이다. 내게 할당된
시간은 5분 남짓, 한 편의 시를 낭송하는 것에도 나름의 규칙이 있
다. 시의 시작과 끝은 물론 행과 연의 구분을 소리의 고저나 장단
으로 해야 한다. 이것은 시낭송을 듣는 사람에 대한 배려이자 시의
올바른 감상에서도 매우 중요한 것들이다.

시낭송의 낭(朗)자는 '높은 소리로 또랑또랑하게 랑'이고 송(誦)은
'외일 송'이다. 책이나 원고를 읽는 것은 '낭독'이지 낭송이 아니다.
'낭송'은 글자의 뜻대로만 풀이해도 높은 소리로 또랑또랑하게 외우

는 것이다. 여기에 덧붙여 낭송은 소리꾼이 노래를 부르는 것처럼 낭송자가 시를 목소리에 실어 독창적인 해석과 가락으로 듣는 이로 하여금 시적 감동을 울림으로 받게 하는 것이다. 현대에 와서 인쇄문화의 발달로 시집 출판이 무성해지고 신문, 잡지 등 인쇄매체에서도 시가 게재되고 있어 시 읽기의 독자층도 매우 넓어져 가고 있다. 이때 시낭송은 낭송자의 독창적 해석과 감정의 이입, 그리고 성량의 조절에 의하여 시각이 아닌 청각으로의 전달로 다중을 사로잡을 수 있다. 바로 이것이 시낭송의 매력이다. 그러니 시를 '읽는다', '외우다', '읊는다'는 각기 다르다고 할 수 있다.

시낭송을 배운 지 3년이 넘었건만 사람들 앞에서 시낭송을 할라치면 아직도 가슴이 두 근 반 세 근 반 뛴다. 처음 모임은 분주한 집안일을 잠시 놓고 온 주부들 중심으로 이루어졌다. 한 편의 시를 함께 듣고 즐기는 시간은 무어라 설명할 수 없는 마음의 여유를 안긴다. 처음 연 시낭송발표회, 그 감동의 여운이 아직도 가시지 않는다.

일 년 내내 시를 읊조리던 시간들이 모여 만들어진 발표회는 그야말로 마음의 결실이 아닐 수 없다. 그래선지 중년의 얼굴에서는 소녀의 수줍음이 되살아난다. 서로 떨리는 손을 잡거나, 어깨를 붙이고 따뜻한 물을 건넨다. 특히 가족이나 지인들을 초대하고 보니 더욱 긴장할 수밖에 없다. 시선 처리에서 몸짓과 눈짓까지, 어느 것 하나 녹록한 것이 없을 지경이다. 나는 매우 긴장했다. 아는 얼굴을 보면 실수할까 싶어 일부러 잘 모르는 한 사람을 응시하며 낭송을 했다. 큰 실수는 하지 않는 것 같아 내심 다행이다 싶다. 하지만 무대를 마치고 들어오는 내내 잘못 발음한 시어가 자꾸 뒤통수를 따갑게 한다. 확인 차 무대 뒤 회원들에게 물었더니 아무도 모르는 눈치다. 긴장한 그들에게 내 얘기가 들리겠는가. 어쨌든 큰 박수 소리로 위안을 받은 우리들의 눈빛에는 잔잔한 행복이 깃들어 있었던 건 분명했다.

이랬던 내가 낭송 요청을 요즘 부쩍 많이 받는다. 방송사의 낭독 프로그램이나 라디오 프로그램에서도 시인의 육성 시 낭독을 음반으로 발매하기도 한다. 아나운서가 낭독한 음반도 꽤 되는데 시인이라는 명분으로 낭송할라치면 얼마나 어색하고 쑥스러운지 모른다. 허나 이번 요청은 장애를 가진 분들을 위한 뜻 있는 자리라 해서 선뜻 동참했다. 장기 입원 병원에서 열리는 낭송회는 물론이고 노인 복지 회관에 가서도 시를 낭송했다.

시를 좋아 하는 사람들은 각지에 흩어져 있어도 마음이 통하나 보다. 시를 낭독하거나 낭송하면 격이 없어지는 것은 물론 금세 따뜻한 시선이 오가는 것을 느낄 수 있다. 시낭송을 시작으로 각종 모임의 문을 여는 경우가 많아졌다. 낭독회가 이곳저곳에서 열린다는 소식을 듣는 일은 참으로 기쁜 일이다. 교도소에서 낭독회가 열린다니 더욱 그러하다. 사회 곳곳의 어두운 곳에서 울려 퍼지는 시 한 편은 닫힌 마음에 신선한 공기가 폐부까지 가득해지는 기분이다. 작은 모임에서 낭독회를 여는 일도 이제 흔히 볼 수 있는 풍경이 되었다.

낭독 자체도 큰 즐거움이지만 한 편의 시나 수필의 한 대목을 암송하는 일은 더 멋스러운 일이다. 외워 읊는 시 낭송을 들으면 더 많은 박수를 받는다. 고단한 삶에 선물하듯 읊조림의 여유에 흠뻑 빠져 볼만하다.

나는 정지용 시인의 〈향수〉나 천상병 시인의 〈소풍〉을 즐겨 낭송한다. 누구나 좋아하는 서너 편의 시가 있다. 그중 한 편의 시를 외워보자. 마치 마음의 안쪽에 시를 심는것과 비슷한 기분이 들 것이다. 적어도 마음 한편에서 뿌리 내리고 자라난다면 얼마나 멋지겠는가. 일이 바쁘고 세상의 인심이 각박할수록 마음속에 시 한 편을 감추고 사는 일도 행복한 일이다. 나는 곧 있을 낭송회에서 이형기 시인의 〈낙화〉라는 시를 외워 읊을 생각이다.

가야할 때가 언제인가를
분명히 알고 가는 이의
뒷모습은 얼마나 아름다운가.

벌써 낭송회가 기다려진다. 나의 가슴에서 하롱하롱 꽃잎이 지는 소리가 난다.

바다 여행

차창을 여니 대롱 같은 비가 보기 좋게 쏟아진다. 기차 소리를 들으며 부산으로 떠나는 나그네가 되었다. 나의 부산 행은 처음이 아니다. 일 년에도 두세 번은 가는 곳이다. 가면 갈수 록 잊히지 않는 부산 바다의 그 넘실대는 파도와 수평선. 부산 바 닷가는 언제 보아도 싫지 않은 곳이다. 물결에 밀려들어온 해초니 조개껍질들이 젖은 모래사장에 널려있다. 파도에 밀려왔다 밀려 나가는 물결을 바라보고 있으려니 뚱딴지같이 사람살이와 흡사하 다는 생각이 든다.

사람은 사람을 만나고, 사랑하고, 사람을 통해 원하는 일을 이루 어 나간다. 그러기에 사람들은 저마다 자신이 만나는 사람들의 목록을 지니고 있다. 휴대전화의 전화번호부는 그 사람의 사람살이를 고스란히 담겨 있다고 해도 과언이 아닐 것이다. 언제부터인지 전화번호부에 갇힌 세상이 된 것 같다. 버스나 전동차에서 또는 걸어가면서도 전화기에 시선을 떼지 못하는 사람들이 많다. 심지어 대화하는 도중에도 쉼 없는 교신은 계속된다. 이토록 무수한 만남에도 사람들은 고독하다고 말한다. 스마트 폰의 등장은 이미 고독한 시대를 예견하고 있었으리라.

만나는 사람의 수와 행복지수는 무관하다. 사람을 많이 만날수록 오히려 허전한 마음이 드는 때가 종종 있다. 마음에 없는 말을 하고, 남을 아프게 하는 말을 하고, 남을 헐뜯는 말을 하기도 한다. 사람을 많이 만나는 사람일수록, 그리고 사람에 에워싸여 있을수록 마음의 공허가 깊어지니 세상살이가 어렵다. 그렇다고 사람을 만나지 않고 살 수 없는 세상. 세상을 변화시킬 자신이 없다면 자신이 변해야 한다. 사람살이의 중심은 바로 나이기에. 나는 정작 만나고 싶은 사람을 만나지 못할 때가 있으면 바다를 보러 간다. 사람들의 늪에 허우적거리기 싫어서이기도 하다.

바닷가를 걷고 있다. 파도 소리를 들으며 먼 수평선을 향해 말없이 걸었다. 부산의 바다는 밤이 더 좋아 보인다. 보석을 뿌린 듯 불빛의 찬란함에 가슴을 대이고 보면 누구나 알 것이다. 파도에 흔들릴 때마다 붉은 빛들이 반짝거리며 광채를 낸다. 나는 눈을 가다듬어 내 앞에 펼쳐지는 부산의 바다를 다시 본다. 새파란 수평선은 사라질 때가 없다. 저 멀리 떨어져 있는 바다가 어느덧 내 눈 아래 와서 흰 거품을 뿜으며 퍼덕거린다. 이럴 때마다 나는 하소연하고 싶은 충동이 저절로 든다. 때론 바다가 십자가를 크게 달고 있는 것 같아 보인다. 그래서일까 바다 앞에 서면 솔직한 고백을 하지 않을 수 없다.

부산 바다는 실은 동해에 비하면 그다지 시원한 바다 맛은 나지 않는다. 선박이 많이 널려 있어 눈에 들어오는 바다를 막기 때문이다. 그러나 밤이 되면 확실히 더 아름다워진다. 사람에 시달린 마음을 달래기엔 제격이다. 바다를 무작정 걷다 시선이 마주 치는 곳에 등대처럼 빛나는 찻집에 들어가 자신을 위해 한 잔의 차를 주문한다. 중독처럼 만나던 사람들에게서 떨어져 있던 자신을 만나게 될 것이다.

내겐 바다를 바라보는 것이 중독처럼 만나는 사람들과의 삶의 균형을 유지하게 하는 동력이 된다. 익숙한 공간에서 자신을 들여다볼 수 있는 시간이 얼마나 될까. 나 자신과 지속적인 만남의 유혹에 빠지고 싶다면 지금 당장 바다를 바라볼 일이다. 그곳에서 세상에서 가장 소중한 사람과 만날 것이다. 그 사람과 나누는 차 한 잔이 세상에서 가장 소중하다. 얼마쯤 걷다 바람을 베고 모래사장에 누웠다. 세상의 원점이 나를 중심으로 돌고 있는 것 같은 착각에 빠진다. 물기 있는 행복이다.

어둠에 묻혀서 바다는 보이지 않지만 마음은 한결 환해진 기분이다. 이 순간 모든 것은 하잘것없이 작고 또 작은 것이 되어 버린다. 괴롭다는 것, 어렵다는 것, 밉다는 것이 모두가 그렇다. 전부터 가슴에 무언가 뿌옇게 끼어 있으면 즐겨 바다를 찾았다. 나의 일상은 도시 한복판에서 머리를 이고 제법 높은 곳까지 오르고 있다. 우리는 여기를 가리켜 세상살이라고 한다.

8월의 바다는 낭만이 뒹굴고 있다. 해당화가 곱게 핀 바닷가의 옛 이야기를 주워 마음에 담았다. 노랫말도 흥얼거려진다. 부산 바다의 밤이 깊어간다. 등대의 불이 또 깜박인다. 등대의 불을 보며 이 바다로 들어오는 고달픈 손에 아름다운 꿈이 서린다.

나의 중독된 삶에도 등대가 깜박인다.

소문

소문이란 그 나름으로 무척 재미있다. 나는 사람들과의 관계가 폭넓은 편이 아니다. 잘라 말하면 좁다는 말이다. 그런 일이 흔치 않지만, 그래도 가끔 나와는 전혀 무관한 나에 대한 소문이 귀에 들려오는 때가 있다. 고맙게도 지금껏 그다지 나쁜 소문은 아니고, "얼굴에 손을 댄 거 같은데"라든가 "성격이 강하다" 하는 정도다. 영문을 알 수 없어 "어째서 내가 얼굴에 성형한 것 같나?" 하고 상대방에게 물어 봤더니, "다른 사람들이 그러더라" 그렇게 대답한다. 곰곰이 생각해 보니 과연 나 자신이 그런 말을 듣게 한 것 같기도 하다.

'아마' 하는 식으로, 성형에 대한 얘기도 성격에 관한 것도 가감 없이 말한 탓이리라. 때론 어디에선가 농담 삼아 했을지도 모르겠는데, 기억이 안 난다. 이런 식으로 세상을 편하게만 살다가는 언젠가 난처한 일을 당할 것 같은 기분이 든다. 어찌 됐든 내 말을 끝까지 듣고 시간을 가지고 만나면 거의 이해가 될 부분들이다. 이따금 나 스스로도 어이가 없어질 때가 있다. 물어보는 질문에 곧이곧대로 대답하는 사람이 몇이나 될는지.

나는 헛소문으로 고생한 일이 있다. 친한 친구의 결혼식 피로연에서 생긴 작은 친절이 오해의 불씨가 되었다. 들러리 친구들을 위해 마련한 자리에서 모두 즐거운 시간을 보내고 있었다. 시간이 지나고 신랑 친구 중 한 사람이 식은땀을 흘리며 고통스런 표정을 짓는다. 바로 옆에 있던 나는 신부에게 말을 전했다. 급한 대로 가까운 병원에 데리고 가야 하는데, 다들 술에 취해 있어 나밖에 갈 사람이 없단다. 또한 난처해하는 친구, 그것도 여고 단짝인 친구의 부탁을 차마 거절할 수 없기에 곧바로 응급실로 향했다. 다행이도 급채한 거란다. 얼마 후, 그분은 고마운 마음을 전달하고 싶다며 식사를 권유했다. 그리고 가벼운 식사를 마친 게 전부다.

그런데 다음 날, 한 통의 전화를 받고 무척 당황했다. 어제 만난 사람의 부인이라며 이것저것 내게 묻는다. 순간 화가 나고 말문이 막혔지만 그녀의 불룩한 배를 보고 참기로 했다. 농을 잘하는 친구가 예식장에서 있던 일에 재미를 덧붙인 것 같다. 거기에 어제 식사한 것도 알고 있는 눈치다. 당시 나는 그분이 유부남이란 사실을 알았고, 나 역시 결혼할 상대가 있다고 설명했다. 우리는 따뜻한 차한 잔을 마시고 헤어졌다. 나는 당시 어이없어하며 친구에게 말하지 않았다. 시간이 지난 뒤, 친구는 알면서도 미안한 마음에 전화를 못했다며 겸연쩍어했다. 하마터면 단짝 친구와 헤어질 뻔한 일이었다.

몇 년 전 광화문에서 그 친구를 만났다. 여고 졸업한 지가 30년이나 흘렀지만 우리들의 수다는 끝이 없는 것 같다. 요즘 그 친구를 매일 만나다시피 한다. 동창생 밴드와 카톡에서. 그야말로 톡들의 수다다. 누군가는 소문으로 일생에서 혹독한 일을 겪은 사람도 있다. 잘 알지 못하고 내뱉은 말 한마디가 오해가 되고 미움과 다툼의 원인이 되는 경우가 종종 있다. 전부는 아니겠지만 거의가 소문은 소문일 뿐. 피하고 감추는 것보다 당당하게 오픈하는 것도 좋은 방법인 것 같다.

세상에는 별의별 소문이 많기도 하다. 해가 없는 소문이란 참 재미있다. 펭귄북스의 《Rumor!》란 책이 있다. 이 책은 미국에 유포되어 있는 무수한 소문이 진짜 소문인지 아니면 헛소문인지를 자세하게 해설해 놓은 꽤 재미있는 책이다. 이 책을 읽고 있으면 세상에는 별의별 소문이 많기도 하구나 싶어 감탄하고 만다. 예를 들면 '아인슈타인의 뇌는 위치타의 의사가 병에 넣어 보존하고 있다'는 것은 사실이다. 아인슈타인은 사후 자신의 뇌를 연구용으로 써 달라는 말을 남기고 죽었는데, 그게 돌고 돌아 위치타까지 흘러가서는 병에 담겨져 사이다 박스 안에 처박혀 있다는 것이다. '1943년에 주조된 1센트짜리 동전을 포드사에 들고 가면 새 차를 한 대 준다'는 소문도 있는데 이건 엉터리 헛소문이다. 그러나 1943년에 주조된 1센트짜리 동전은 희귀품이라, 실제로 새 차 한 대를 살 수 있을 만한 가격으로 거래되고 있다고 하니, 완전한 헛소문이라고도 할 수 없다.

식품관계 회사는 근거 없는 헛소문의 희생물이 되기 쉽다. 맥도날드 햄버거에 들어 있다고 소문이 난 것만 해도 고양이 고기, 캥거루 고기, 거미 알, 벌레의 유충 등등 이루 다 헤아릴 수가 없다. 그렇기에 맥도날드 사는 광고에다 굳이 '100퍼센트 돼지고기'임을 강조하는 것이다. 헛소문으로 수난을 겪은 일이 있는 회사는 탐정을 몇 명 고용하여, 그 소문의 근원지인 장본인을 밝혀내는 자에게 큰 상금을 건다. 하지만 탐정들은 어느 누구도 그 거금을 손에 넣지 못했다. 아무리 연줄 연줄을 더듬어 소문을 퍼뜨린 경로를 헤쳐 나가도 끝내 그 근원까지는 다다를 수 없었단다. 유해한 소문이란 참으로 겁나는 일이 아닐 수 없다.

소문이란 구르면 커지고 가지를 치는 것인가 보다. 소문 중에서 헛된 소문이 얼마나 많은가. 소문이란 그 내용의 진위는 알 수 없지만, 세상에서 얘기되는 이야기다. 거의 같은 의미이지만, 거짓이라는 쪽에 무게를 둔 표현으로 헛소문, 유언비어라는 말도 있다. 맞다. 소문은 풍문이다. 바람결에 떠도는 이야기는 바람결에 실어보내면 될 일이다.

이상스레 귀가 간지럽다.

그냥 시간

한 잔의 차를 마시고 싶다. 석양의 빛으로 세상이 가득해지는 시간이면 언제나 드는 생각이다. 늦은 오후 동네 뒷산을 걷다 보면 평소와는 다른 어떤 이상한 느낌을 받게 된다. 감성이 무딘 사람이라도 그런 때는 있기 마련이다. 일상의 빈 틈, 마땅한 어떤 목표나 꼭 해야 할 일이 아닌, '그냥 시간'이 있다. 그런 시간은 마음의 균형과 깊이 관계한다. 여가 안에서 산책, 휴식, 여행, 책과 상상 등이 현대를 살아가는데 매우 중요한 화두로 떠오른다. 다시 말해 그런 것들을 애써 찾아야 하는 시기에는 더욱 그러하다.

시간에 매여 사는 현대인들에게 잠시 쉬는 시간은 계획되지 않는다. 그런 탓에 '힐링'이란 말만 들어도 위로가 되는 기분에 사로잡힌다. 맥없이 따라 해보기도 한다. 여유 있게 보내는 시간, 장소,

만남, 사건, 기억 등은 일상에서 행복을 만든다. 시간에 매어 사는 일상에서 벗어나 '그냥 시간'을 보낼 수 있는 여유를 즐기고 오면 여가가 일과의 관계에서도 매우 중요하다는 것을 알게 된다. 그런 시간을 갖기 위해 내가 가장 좋아하는 것은 여행이다. 하지만 여행에도 계획이 필요하니 좀처럼 떠나지 못하고 배회하기 일쑤다.

우연한 기회에 일상적인 여가를 지내는 방법들을 훔쳐볼 수 있었다. 그곳은 서울역 한 곳에 마련된 전시공간이다. 이 공간은 편안하고 느긋하게 신경을 곤두세우지 않으며 별 일 없이 걷듯 한가한 시간과 공간을 보여준다. 시각적인 장치로 이완되게, 느리고 차분하며, 자극을 줄이면서 다가가도록 연출하였다. 한가하게 소요하여 마음을 잔잔히 침잠하게 하는 태도와 환경을 시각화하고 체험하려는 의도인 듯하다. 그중 일상이 인상적으로 다가오는 전시관이 눈에 들어왔다. 우리의 일상을 구성한 베란다 정원과 옥상 텃밭 등을 모티브로 한 곳이다. 이 공간은 텃밭 재배 작물을 중심으로 일상적 공간과 현실을 벗어나 여유를 즐기는 숨겨진 정원처럼 느껴졌다. 마음만 먹으면 금방이라도 따라할 수 있게 쉽고 구체적으로 제시되어 있어 그것으로도 힐링이 되었다.

주어진 시간에서 벗어나 자연의 시간, '그냥 시간'에서 휴식을 취한다는 것이 어떤 것인가. 늦은 오후 정원을 걷듯 일상을 사는 것처럼 쉽고 간단하면 좋겠다. 때론 여가를 즐기기 위해 다른 시간과 다른 장소에 파노라마처럼 펼쳐진 자연의 풍광, 그 거대한 자연 앞에서 혹은 시간 속으로 간혹 갇히는 경우가 있다. 이곳에서 보니 일상에서 삶의 통로를 만나는 것이 그리 어려운 일은 아닌 것 같다. 작은 수고와 마음의 여유를 가지면 가능하다는 것도 발견했다. 언제부터인지 평범하다는 말이 듣기 싫어지면서 나는 바빠졌다. 청춘이 벗어놓은 외투를 걸치듯 중심으로 향해 있는 일상에서 과연 나는 행복하였을까 생각해 본다.

나이가 들어가면서 누군가의 풍경이고 싶을 때가 많다. 구태여 누구를 위한다는 핑계 섞인 말이 아닌 그저 자신을 온전히 느끼고 싶을 때 그러하다. 사람 혹은 자연으로부터 자신이 풍경이 될 때, 자신의 내면을 들여다보는 경험을 할 수 있을 것이다. 낚시꾼이 자신의 낚시 비결을 구수하게 들려주는 것을 우연히 듣게 되거나, 시끌벅적한 소란으로 김밥을 준비하며 소풍을 떠나는 '그냥 시간'을 보내다 보면 곳곳에서 삶의 통로를 만나게 된다.

뒤늦게 문학 속에 빠지다보니 이웃한 공간에서 결코 끝나지 않는 이야기를 은유하는 책 속에서 인생을 배운다. 천천히 책을 읽다 보면 길게 펼쳐놓은 인생을 보는 것처럼 상상으로도 즐길 수 있다. 그러다보면 삶을 기록한 수십 권의 노트를 만나는 것처럼 느리고 차분하게 시간을 맞이하게 된다. 때론 바람을 쐬며 걷는 머무름의 경험도 선사한다. 바람을 맞는 것이 아니라 바람 속을 거닐며 느낄 수 있는 감각을 느낄 수 있다. 너무 늦지 않게 행복이란 말을 이해할 수 있어 다행이다.

그냥 걸어보고 싶다. 유유히 흐르는 강줄기를 따라 천천히 산보하듯 말이다. 반복적이며 지속적인 걷기는 자기의 내면으로 들어

가는 방법 중 하나이다. 푸른 하늘에 구름이 떠있는 그림을 한 손에 들고 걷는 것. 얼마나 근사한가. 풍경은 언제 어디에나 있다. 사람도 자연의 풍경이다.

휴식은 게으름도 아니고 멈춤도 아니다.

꽃보다 사람

누구나 그렇듯이 한참이 지나서야 깨닫게 된다. 나의 무지함 그리고 그 사람의 친절에 대한 감사 그리고 후회 같은 것들 그 순간의 잔상이 그러하다. 멍하니 위를 바라보다가 문득 눈앞이 새하얘진다. 벌써 꽃이 지고 있다.

꽃은 자기 색을 모르고 핀다. 언제부터인지 모르지만 꽃은 사람들에 의해 사계절로 나뉘어 불린다. 꽃을 좋아하는 사람들의 습성으로 인해 각양각색의 꽃 축제도 열린다. 사람들은 비록 인위적으로 만든 꽃 잔치일지라도 그 꽃과 어우러진 풍경으로 위로를 받는다. 자연의 선물이다. 모처럼 가족들과 나들이를 계획하다 보면 꽃구경은 단연 앞자리에 놓인다. 유독 봄에 있는 꽃 축제에 인파가 몰린다. 그것은 봄꽃의 화려함과 겨울을 이겨내고 속으로 자랐다는 사실을 인정해 주고 싶어선 지도 모른다. 아니면 다른 계절에서 자란 부분보다 더 단단한 잎들이 숨어 있기에 그런 것일까.

"무슨 일이 있어도 벚꽃이 지기 전에 보자."

"그때까지 기다릴게……."

중년 고개에 접어들고 있었을 때, 친구로부터 꽃의 부름을 받았다. 물어물어 나의 소식을 전해들은 친구의 첫마디였다. 학창시절을 함께한 친구다. 몇 년을 같은 공간에서 생활했지만 둘 다 소심한 성격이라 여고를 졸업한 뒤, 우연히 책방에서 만나 친하게 지냈다. 문학에 대한 관심과 무엇보다 책을 보는 취향이 많이 닮아 있었다. 하지만 서로 결혼을 하면서 소식을 잊고 지냈다.

나는 봄을 좋아했고 친구는 가을을 좋아했다. 누구랄 것 없이 좋아하는 계절이 오면 잊지 않고 꽃 선물을 하자던 약속을 친구는 기억하고 있었던 것일까. 내겐 이미 빛바랜 추억이 되었는데. 여자 친구에게 받는 꽃도 의외로 센티한 기분이 들었던 것도 이 친구 덕이다. 작은 일에도 신경 써 주고 늘 먼저 와 기다리던 친구의 모습이 그려진다.

"그러지 뭐. 잘 지내고 있지."

"그럼 내가 연락할게."

나는 짧게 내 말만 하고 끊었다. 그리곤 지방으로 이사를 오게 되었다. 그 후 몇 번의 통화가 전부다. 친구는 재촉하지 않았고 나도 많은 핑계를 대었다. 다음 해 봄, 친구의 전화로 하나의 메시지가 전달됐다. 친구의 죽음을 알리는 부고장이다. 멍하니 하늘을 보다 왈칵 쏟아지는 눈물을 주체할 수 없었다.

　서울로 가는 기차 안에서 차창을 바라보았다. 벚꽃이 진 봄은 초록 잎들의 속삭임으로 너울진다. 회한에 사무친다는 말이 무슨 뜻인지를 제대로 알려준 친구의 빈소에 앉았다. 그렇게 한참을 멍하니 앉아 있자 누군가 나의 어깨를 두드렸다. 장례식장에서 친구의 소식을 들어야 했다. 유방암 진단을 받고 몇 년의 투병생활을 했다고 한다. 그럼 처음 친구로부터 꽃의 부름을 받았던 적이 아니던가. 순간 친구가 야속했다. 한편으로 그렇게까지 자신의 속내를 보이지 않았던 친구의 성격을 모질게 탓하고 싶다. 누구보다 그런 친구의 성격을 잘 아는 나의 무심함에 대한 벌을 주기라도 하듯이 말이다.

　곳곳에서 봄꽃 축제로 떠들썩하다. 특히 내가 사는 곳의 만개한 벚꽃은 일품이다. 강을 따라가다 보면 양쪽에 즐비한 벚꽃을 만나게 된다. 인근 주변으로 소문이 나면서 예쁜 홍차가게도 문을 연 지 꽤 된다. 사진에 담으려는 사람들을 볼 때면 친구의 기억이 아련하게 떠오른다.

　졸업 앨범의 흑백사진으로 남아 있는 친구를 보았다. 나는 그 친구에게 무엇으로 남아있을까. 봄꽃으로 기억되었으면 좋겠다. 봄이면 무턱대고 꽃 보러 가자던 친구의 속삭임이 들리는 듯하다. 벚꽃이 흐드러진 날 핸드폰 셀카를 찍었다. 빈 하늘과 벚꽃이 날리는 정경도 여러 장 담았다. 그리고 친구의 이름으로 저장했다. 한동안 떠나지 않고 있던 기억이 꽃과 함께 날리는 것 같아 한결 봄을 즐길 수 있었다. 정작 가을을 좋아했던 친구. 코스모스가 피어 있는 길가를 걷고 있는 두 여고생이 오버랩 된다.

　사람은 꽃보다 아름답다. 베란다에 피어 있을 가을꽃의 전령이 고개를 내민다. 친구라는 향기에 취한다면 봄날에 어디를 간들 곱고 어여쁜 꽃만 못할까. 이미 꽃보다 진한 향기를 맡았으니, 꽃은 덤이라 해도 좋겠다. 그 어느 해보다 향기로운 봄을 만끽했다.

　가을꽃으로 친구를 불러오고 싶다.

밥 살게

오월은 잎들의 너울거림으로 푸른 수다를 떤다. 볼에 닿는 바람이 점점 좋아지니 덩달아 마음도 수런대며 속내를 드러내기 일쑤다. 마음이 싱숭생숭한 걸 보면 봄은 봄인가 보다. 나이에 따라 식성도 바뀌는지 달달한 음식 대신 싫어했던 청국장이 좋아진다. 그런걸 보면 나이를 먹는다는 것이 입맛에도 영향을 주는 것 같다. 얼마 전 봄에 먹었던 쑥개떡이 자꾸 생각나 떡집을 기웃거린 일도 있다.

동창생들과 식사하던 때가 생각난다. 오랜만에 만난 친구들이라 무척 반가웠지만 음식 주문으로 시간이 걸리자 슬슬 짜증이 났다. '무엇을 먹을 건지, 어떻게 먹을 건지' 도통 의견이 모아지지 않아서다. 한참 실랑이하고도 종업원을 십여 분 세우고 있자니 먹기도 전에 지친다는 기분이 든다. 문제는 음식이 아니다. 그만큼 우리들의 입맛이 까다로워진 것이다. 예전 같으면 한가지 음식으로 통일해서 먹는 것이 다반사였는데, 이제는 제각각 입맛이 다르니 주문도 참 어렵다. 그러다보니 사람을 만나 "밥 한 번 먹죠"라는 말이 쉽게 나오지 않는다.

예전에는 사람들을 만나면 가장 많이 하는 것이 밥을 먹는 일이었다. 일부러 식사 때를 맞추거나 밥을 같이 먹는다는 것으로 서로의 마음을 헤아린 적이 있었다. 그런데 언제부터인지 모르게 밥 대신 차를 마시는 경우가 많아졌다. 그중에서도 커피가 단연 일등이다. 한 집 걸러 이름처럼 그럴싸한 커피숍이 즐비하다. 특별히 시간과 장소에 구애됨 없이 이야기를 나눌 수 있어서 인기를 끈다.

그런데 나는 왠지 거북스러울 때가 있다. 커피 값이 너무 비싸기도 하지만 시끄러워서다. 넓고 높은 공간에서 윙윙대는 소리가 어떨 땐 소음으로 들린다. 이곳에 한참을 앉아 있으면 머리 한쪽이 멍해지는 것 같기도 하다. 친구와 조용히 이야기하려고 들어갔다 오래 있지 못하고 장소를 옮기게 된다. 내 딸이 들으면 촌스러운 엄마라고 대놓고 말할 것이 분명하다. 많은 사람들에겐 오랜 시간을 두고 앉아 이야기하기에 적합한 장소로 이보다 좋은 곳이 없단다. 그렇대도 내 정서와는 덜 맞는 것 같다.

사람을 만나면 차나 밥, 그리고 술 같은 음식을 앞에 두고 이야기를 한다. 적당히 상대방이 알아서 시키는 경우는 드물고 각자의 입맛에 맞게 시키게 된다. 점점 무엇을 먹는다는 것은 우리의 일상에서 중요한 일이다. 그린데 이보다 더 중요한 말, 더군다나 누군가와의 대화에서 그 이야기를 들어준다는 것은 얼마나 어려운 일인가 생각하게 된다. 점점 가까운 사이나 친구와 이야기를 나눌 때 인내심이 바닥을 보이는 경우가 늘어난다. 좋게 만났다 얼굴 붉히며 헤어진 날이면 마음이 무척 갑갑하다.

나이를 먹을수록 마음이 넓어지기는커녕 오히려 편협해지는 것 같아 걱정이 된다. 얼마 전에도 친구들과 여행계획을 세우면서 오해가 생겨 그 계획이 내년으로 미루어진 일이 있었다. 여행지와 일정을 정하는 과정에서 생긴 문제가 서로의 성격을 탓하는 것으로 커져서 벌어진 일이다. 나이를 어디로 먹었는지…….

오해나 말다툼은 사소한 것에서 시작된다. 그런 사소함은 밥을 먹으면서 풀면 좋겠다. 음식으로 속이 채워지면 마음에도 여유가 생길 테고 그러기엔 차보다 밥이 제격이지 싶다. 단순하게 생각하면 그리 어려운 일도 아니다. 먼저 밥을 사면 될 일이다. 그 약속을 위한 전화도 먼저 건다면 금방 풀어질 것이다. 물론 때에 따라 여러 번 사야 할 일도 있겠으나 그것은 호주머니 사정껏 솔직하면 된다. 이럴 땐 부담되지 않는 단골집에 가면 더욱 좋을 것 같다.

여고시절 동갑인 나이를 따질 때, 밥 그릇 수로 티격태격했었다. 생일 달이 다가오면 몇 달 먼저 태어났다고, 밥 그릇 수만 세어 봐도 분명 자기가 언니라고 우겨댔던 친구들이었는데. 벌써 한 주일이 지나고 있다. 내일쯤, 핸드폰의 톡으로 친구들을 대화방에 초대해야겠다. 그리고 "모이자 친구들아. 내가 밥 살게"라고 올려야겠다.

금방이라도 맛있는 음식점 이름들이 쭉쭉 달릴 것이다. 서로의 마음을 담은 이모티콘으로 장식하게 될 우리들의 대화방이 상상된다.

친구 사이가 아닐지라도 사람의 마음을 푸는데 '밥'만큼 좋을 것이 또 있을까 싶다. 무엇보다 일찍 서둘러 만날 사람을 기다리는 사소함으로도 그 사람의 주변은 봄의 햇살만큼 빛날 수 있다.

5월 속에 꿈꾸던 친구들이 들어 있다.

평설

이재인
문학평론가, 수필가,
전 경기대학교 국어국문학과 교수

아름다운 인간애와 한국전통수필문학의 정수
- 김영미의 수필 세계

이재인

문학평론가, 수필가, 전 경기대학교 국어국문학과 교수

1. 들어가는 말

한국문학사상 불멸의 장르가 있다면 수필이다. 시나 소설, 희곡 등은 시류(時流)를 타거나 기류에 따라 독서의 폭과 깊이가 출렁거린다. 그러나 수필이란 장르는 고대에서부터 지금까지 통틀어 가장 많이 읽힌다는 점에 있어서 이제 수필의 시대가 아닌가싶다.

그 이유는 무엇인가? 필자는 무려 50년간 이를 연구해왔다. 확연하지는 않지만 장르 특성상 삶의 일상을 고백하는 특성이 있었기에 가능했다고 본다. 그러나 그것에만 의존하지 않는 작가 주변 일상성의 진솔함에 그 까닭이 존재해왔다. 또한 주로 길이가 짧은 데 있었다고 하겠다.

이런 장점이 구어체의 경계를 훌쩍 뛰어넘어 독자에게 친밀감으로 다가서게 되었다. 훈민정음 창제 이래로 산문이란 탈을 쓴 채 방치되어 왔던 게 사실이다. 그러나 의식 있는 선비들이 꼼꼼하게 정신세계나 삶의 일상성을 기술하고 근대 실학파들의 삶을 기록함으로써 그것이 근대화로 접목되면서 한국근대수필은 발전에 발전을 거듭했고, 결국은 수필 르네상스 시대를 맞이하게 되었다.

오늘의 김영미 작가의 작품도 사실은 우리 여류 전통수필문학의 DNA가 흐르고 있음을 확인할 수 있었다. 조선시대의 허난설헌을 비롯하여 〈규중칠우쟁론기〉, 〈동명일기〉, 〈조침문〉 등이 거의 여류문학의 저력으로 면면히 이어져 왔던 것이다.

수필을 쓴다는 일은 쉽고도 어려운 일이다. 소설은 있는 이야기처럼 꾸며서 만들어내면 되고, 시는 대상을 통해 얻어낸 정서와 사상을 응축시켜 다듬어진 함축적 언어로 표현하면 된다. 그러나 수필은 그런 이상세계를 펼쳐내 보이는 것이 아니다. 수필문학은 어디까지나 말하고자 하는 작자가 직접적으로 체험한 수필적 체험을 토대로 하여 진솔하게 표현하는 문학이다.

수필가가 창조하는 작품 세계는 다름 아닌 수필가 바로 그 사람의 인생이 된다. 그러므로 좋은 수필을 쓴다는 것은 바로 작가가 얼마나 진지하고 진실한 삶을 살고 있는가에 달려 있다고 할 수 있다. 따라서 작가의 올바른 사고와 도덕적 가치, 자연과 인생에 대한 애정, 사회를 바라보는 안목과 가치관 등이 하나의 행동으로 작용될 때, 그 결과로 나타나게 된다. 결국 필요한 것은 작가의 용기다. 이 때 용기는 그 사람의 열정과도 통한다고 할 것이다. 즉 글을 쓰는 일에 얼마만큼 정성을 다했느냐에 달려있다고 해도 과언이 아니다.

나는 국문학자의 한 사람으로서, 또는 수필가로서의 왜, 한국의 스테디셀러가 어찌 수필집들이 주류를 이루고 있는가를 집중 조명한 바 있다. 최근 세 작가의 수필집은 작가가 세상을 떠났음에도 불구하고 지금도 계속 팔리고 있다. 법정 스님이나 피천득의 수필집이 그 좋은 예이기도 하다. 그리고 이해인 수녀의 수필집도 이 두 분의 수필집과 더불어 스테디셀러가 되고 있다.

이 세 작가의 수필세계는 그 정신세계가 자기 비움과 나눔에서 비롯되고 있다. 다시 말하면 휴머니즘의 기조가 글 바탕에 깔려 있다는 점이다. 수녀님이나 스님, 그리고 금아 피천득 선생의 글 속에는 옛 선비들의 강직하면서도 깨끗함이 행간 곳곳에 묻혀 있어 읽는 이로 하여금 눈시울을 뜨겁게 한다. 이는 독자를 이끄는 원동력이고 구심점이다.

그렇다면 작가 김영미의 수필세계는 어디쯤에 와서 머무르고 있는가? 이는 필자의 직업상 분석하고 평가를 내리고 아울러 등급을 매기지 않을 수 없다. 결론으로 말하면 김영미의 수필세계는 그의 생각을 표출하고 행동하는 양심의 세계로 볼 때, 분명 일류 작가 반열에 이르렀다. 그것도 아주 튼튼한 문장에 미감이 번득이는 심미성, 삶을 긍정적이며 아름다운 눈으로 사물을 바라보는 자세가 아주 안정적이다.

이와 같은 작가의 정신은 작품 제목에서 알 수 있듯이 그 어떤 군더더기 없이 늘 가슴에 담고 있던 바를 그대로 적고 있다. 이는 작가의 담백함 속에 비친 세상보기와도 같은 것이라 하겠다. 그의 수필 속에는 마음의 깊이에서 오는 사랑이 가슴을 적셔주는 감동이 있다. 그 사랑으로 마음의 충격을 받는 독자는 인생의 향기를 맡게 될 것이다. 작가가 말하는 '물기 있는 행복' 같은 것이다. 그의 작품 세계로 들어가 보기로 하자.

2. 내면의 세계

수필은 흔히 40대 이후의 문학이라고 말한다. 인생의 원숙한 적령기를 거쳐야만 자기의 색깔이나 이념이 확고해지는 것을 일컫는 말이다. 그런데 김영미는 20대 후반 젊은 나이임에 이미 수필문학의 길에 들어섰다고 하겠다.

그의 수필은 일상적인 것을 소재로 한다. 이것은 현실적 삶과 유관하고 생활 주변 이야기가 중요하다고 여긴 작자의 선택일 것이다. 이 세상에 존재하는 만물은 모두 그만이 지니고 있는 개성적 특성이 있다. 이는 하나의 아름다움이라 해도 좋다. 이는 바로 수필을 수필답게 만드는 지름길이 된다. 특히 그의 수필은 사물을 보는 착한 시선이 켜켜이 수놓인 세상과 만난다. 예를 들면 〈끈〉, 〈비즈공예〉, 〈추억의 이름으로〉, 〈마음자리〉, 〈목련〉, 〈충동〉 등은 바로 그의 한 예가 되겠다.

주인은 묻지도 않은 목련 차에 대한 이야기를 한다. 최근에는 목련 차를 찾는 손님이 많다며 진한 향이 나는 목련차를 만들기 위한 간단한 상식도 설명해준다. 우선 꽃잎 아홉 장의 백목련을 선택해야 한단다. 자칫 색이 있는 자목련은 독성이 있어 피해야 하며, 완전히 개화하기 전의 봉오리를 해 뜨기 전에 따는 것이 향이 오래 간다는 요령도 일러 주었다.

나는 생각했다. 과연 오래 두고 그 꽃의 향기를 맡고자 개화하기 전의 목련꽃 봉오리를 딸 수 있을까하고. 향기를 지닌 사람으로 살고자 하는 것이 어려운 만큼 내게 향기를 맡는 일도 그리 쉽지 않다는 생각을 했다. 향기의 매력은 머무름에 있지 않고 날아가는 것에 있다. 봄이 제아무리 잡으려 해도 달아나는 봄꽃의 향기를 잡을 수 없듯이 말이다.

한동안 목련꽃 아래에 있으면 옷깃이 여며진다. 무한한 순결을 지닌 꽃봉오리에서 강한 생명력이 피어오르는 것을 느끼기 때문이다. 사람의 향기란 맡아지는 것이 아니라 우러나야 한다는 사실이 나를 일깨워 준다. 꽃샘바람과 보슬비가 지나가는 봄날, 숭고한 곡선을 이루며 세상 가득 그윽한 향기를 전하는 날도 머지않았다.

늦기 전에 그 향기에 취해보리라.

- 〈목련〉 중에서

소재와 자신이 일체감을 갖기 위해서는 마음이 통해야 한다. 서로 말없는 대화를 주고받는 과정도 필요하다. 이는 사물을 피상적으로 보지 않고 내면을 들여다 볼 수 있는 눈을 가져야 한다는 것이다. 이런 측면에서 작자는 내면과 교감의 과정에서 자신의 삶이나 인생과 결부시켜 마음의 충격으로 형상화하는 능력이 탁월하다. 그러기에 작자는 사물을 눈으로 보고 마음으로 새긴다. 그것은 인간과 자연에 대한 소박한 애정에서 비롯된 진심이 담겨 있기에 가능하다.

이 수필은 작자의 시선이 닿은 목련과 마음의 세계를 그리고 있다. 누군가 한번쯤 자신을 돌아보고 성찰의 시간을 갖고 생각해볼 만한 화두이다. 그래서 읽는 이의 가슴을 따뜻하게 하는 것이 그 매력일 것이다. 작자는 목련꽃을 통해 우주의 조화를 다시금 깨닫는다. '모든 것이 있을 자리에 있을 때' 그 자리의 향기로움을 사람의 삶에 빗댄다. 그 자연스러운 표현으로 사람도 그 삶이 순수하고 진실하다면 한 송이 꽃으로 그 모습을 드러낼 수 있다고 생각한다. 의미화는 화자의 목소리다. 사람이나 자연이나 마음 써주는 일은 곧 자신에게로 돌아오는 일이다. 작자의 글을 읽어내려 가노라면, 차츰 마음이 편해진다. 이것이 수필의 맛일 것이다

수필은 소통의 문학이다. 사람과 사람, 사람과 사물, 그리고 사람과 사상을 직접적으로 소통하게 하는 문학적 통로로 수필이 적합하다. 이때 수필은 인간 개개인의 마음과 정이 교류하는 소통으로 자신의 삶과 정면으로 마주하게 된다. 따라서 수필은 세상과 얼굴을 마주보면서 말하듯이 대놓고, 생각 그대로 표현한다. 결국 수필

에는 언어활동의 기본 요소들이 실제에 가깝게 담기게 된다. 이러한 점에서 다른 글보다 자연스럽고 친숙하게 여겨지며, 흔히 '고백의 문학', '대화의 문학' 등으로 일컫는 까닭이 여기에 있다.

그가 바라보는 세상은 행복 속의 단란함이다. 인간에게 평안과 단란함이 스며있는 글은 독자에게 행복서비스를 하는 역할이다. 근대수필문학의 대표 김진섭, 이양하, 노천명, 이영도 등이 보여준 행복 단란함이 편편이 묻어 있다. 그것을 서정적인 필체로 이끌어가고 있다. 예를 들면 다음과 같은 작품들이다. 〈어머니의 누룽지〉, 〈위대한 유산〉, 〈선인장〉, 〈그 자리에 가을이 오고 있네〉, 〈행복장에서〉, 〈엠피쓰리 라디오〉, 〈닮아진다는 것은〉, 〈식탁〉 등에서 막내딸로서의 혹은 노년기에 접어든 시어머니를 모시고 그를 간호하고, 봉양하는 며느리로서의 효(孝)와 성(誠)의 이야기가 여러 편 애잔하게 기록돼 있다.

꽃샘추위에도 개나리는 어김없이 노란 미소로 봄을 알린다. 계절이 바뀌면서 만상의 풍경이 변하고 웅크렸던 마음에도 봄바람이 스며와 따사로이 녹는 듯하다. 이렇게 시간이 감에 따라 주변의 풍경도, 내 마음도 변하건만 변함없이 자기 자리만을 묵묵히 지키는 친구가 있다. 시집 올 때 장만해 온 20년 지기 식탁이 바로 그것이다. 남아있는 몇 안 되는 혼수품 중 하나다.

(……)

아이들에게 각자 책상이 생기고, 거실 테이블과 티 테이블까지 마련된 집에서 오래된 식탁은 지나간 추억의 그림자가 된다. 때때로 아버지의 모습이 그 위에 겹쳐져 눈시울 붉히는 시간을 식탁에 앉아 보낸다. 구석에서 우리 집의 역사를 지켜준 식탁. 그 식탁이 오늘따라 베란다 창밖으로 보이는 산등성이보다 더 편안하고 든든하게 다가온다. 그런 연유일까. 오래된 물건을 버리는 일에 주저하는 버릇도 생겼다. 버리고 난 후, 그 허한 마음을 무엇으로 대신할 수 있을까 싶어 걱정부터 되니 말이다.

서둘러 식구들을 보내고 식탁에 앉는다. 식탁 위에 봄을 옮겨다 놓고 보니 봄 속에 내가 있다. 봄 속에 앉아 차를 마신다. 처음보다 우려 낼수록 맛과 향, 그 빛깔이 맑아지는 우롱차를 식탁과 동갑내기 찻잔에 따른다. 퍼지는 그 향기가 그리움의 내음처럼 가슴 속까지 스민다.

식탁에서 그리움을 만나다.

- 〈식탁〉 중에서

이 수필의 소재는 식탁이다. 식탁에서 가족과 보냈던 기억들을 퍼 올리는 방식으로 지금의 변화를 말한다. 지금은 찾아보긴 힘든 밥상에 대한 기억이 이 수필의 창작동기일 것이다. 이 수필은 작자의 어린 시절의 밥상 기억으로 거슬러 올라가 친구에게 이야기하듯 조근조근 속삭인다. 그것은 가족에 대한 그리움이다. 그래선지 독자에게 친근하게 다가온다. 그 그리운 추억에서 인간적 삶을 본다. 대가족에서 자란 속 깊은 사랑의 각별함이 곳곳에 묻어난다. 이는 자신의 인생관과 결부된 삶의 철학이 인간정서의 보편성과 혼재하여 감정의 물결에 걸쳐서 물결치고 있는 것이다.

삶은 언제나 과거·현재·미래로 진행된다. 옛것은 과거의 모습을 보여준다. 작자는 '식탁'을 통해 오늘의 삶과 과거의 삶을 비교하면서 자신을 뒤돌아보고 새로운 삶을 준비하는 노력을 보여주고 있는 것이다. 이는 한국인으로서 핵가족으로 분열화된 세상에 갸륵하고 아름답고 순수한 孝와 誠이 깃든 글이니 그의 내면세계를 그 이상 무엇에나 비교할 수 있단 말인가. 효는 백행의 근본이다. 인간이 인간으로서의 기본이 상실된 오늘, 작가가 보여준 일련의 작품들은 어지러운 세상에 던지는 소리 없는 아우성, 무언의 교훈이 되기에 충분하다.

작가 김영미는 소재를 갈무리하는 것이 매우 자연스럽다. 그는 먼 데서, 고귀한 것에서 소재를 찾으려 하지 않고 자신의 주변에서부터 가까운 데서, 일상에서 소재를 찾아보려는 노력을 아끼지 않는다. 이는 옥천을 소재로 한 이야기 속에서 그 빛을 한껏 발휘한다.

일상사 중에서 단순하고 스쳐 지나가는 것에도 의미를 부여하는 것은 무엇일까. 이는 그 일들로 내 인생의 흔적을 남기고 싶어서일 것이다. 지극히 평범하고 단순한 소재들이 광채로 다가올 수 있는 것은 바로 작가의 사랑 때문이다. 그것은 삶을 향한 진정한 마음에서 비롯된 것들이다.

옥천에 내리는 햇빛은 애무하는 꽃물결처럼 피부를 껴안아 준다.

저녁나절 가벼운 바람에 실려 와서 나의 목덜미를 쓸고 가며 벌써 저

앞에 걸어가는 남편의 머리칼에서 번뜩이는 햇빛, 한여름 금속성 소리를 내며 찌르릉거리는 햇빛, 가을철 분수의 물줄기를 타고 천천히 걸어 내려오는 햇빛, 한 겨울 금강 줄기를 따라 살을 에도록 바람이 불 때도 창 밖에서 내다보면 언제나 따뜻한 겨울의 투명한 햇빛, (······)

옥천의 매 순간 매 순간이 사실은 눈에 보이지 않는다. 행복을 이해하지 못하는 사람은 아무것도 보지 못할 수도 있다. 나는 생각한다. '사랑할 것은 영원한 것이 아니다, 우리가 사랑하여야 할 것은 지나가 버리는 것이다'라고.

옥천 사람들은 스스로 잘난 척을 하지 않는다. 그들의 몸짓, 그들의 웃음이 그 모두를 말한다. 나는 옥천에서 수시로 막연히 나의 육체, 나의 감각이 나무랄 데 없는 풍경과 기후에 저항을 느낀다. 까닭은 작은 이곳에서 나의 마음은 쉬 안정되지 않기 때문이다. 이 얄궂은 저항감이 아마도 내가 느끼는 행복의 충격이 아닐까 생각한다.

물기 있는 행복이다.

- 〈기차역〉 중에서

이 이야기 속에는 옥천을 사랑하고 그 하늘, 그 물빛, 그 공기, 풀잎 하나라도 사랑과 그윽함과 인자함으로 내밀하게 묘사되어 있다. 미감으로 번득이는 문체를 읽고 있노라면 독자도 스스로 감화 감동되어 마음을 촉촉하게 하는 매력이 있다. 글이 주는 감동에 '아름답다'라는 느낌이 수반될 때, 그 감동을 미적 감동이라고 부른다. 그 아름다운 느낌은 글의 표현에서 올 수도 있고, 그의 내용에 반영된 작가의 깊은 마음에서 오기도 한다. 작가 김영미는 그 '아름답다'라는 느낌이 작가의 마음 가운데서 날카로운 예지보다는 따뜻한 정감에서 유발한다. 그것은 바로 행복의 다른 이름들이다.

그 외 〈옥천댁〉, 〈오일장〉, 〈물빛 그리움〉, 〈옥천바라기〉, 〈금강휴게소〉, 〈향수100리 길〉, 〈마당〉 등등 일련의 글들은 자기의 환경과 자기가 서 있는 배경으로 그가 추구하고 있는 평화와 삶의 질이 육화(肉化)되어 있다. 이로써 진정성이 함의된 수필문학으로서 최고의 진가를 발휘하고 있으며 그가 지닌 문체의 미학에 가슴을 뛰게 만드는 마력이 있다.

강물에 옥빛 그림자가 드리우면 햇빛과 마주한 물결은 은빛으로 빛난다. 강을 사이에 두고 물빛 그림자를 가진 올목마을. 이곳은 옥천군 동이면 금강 변에 위치해 있다. 철봉산자락을 타고 내려온 산등성이가 강 건너에서 보면 꼭 오리 모양을 닮았기에 붙여진 마을이름이다. 얼마 전 그곳에 초대 받은 일이 있다.

긴 강둑을 따라 금강이 흐르고 있다. 잎들이 소란대는 길을 따라 가다보면 작은 자갈들이 먼저 반긴다. 때마침 5월의 푸름이 산뿐 아니라 산을 받치고 있는 강에도 비치고 있다. 강에도 사계절이 있다는 것을 이곳에서 새삼 느끼게 된다. 그만큼 물빛이 아름답다. 강을 가로지르는 둑을 건너고 흙길을 지나 대문이 없는 집에 이르렀다. 키가 커서 잘라내야 한다는 고목은 주인만큼의 역사가 고스란히 묻어났다. '금낭화', '하늘 메발톱', '으름꽃' 등 야생화의 섬세함과 화려함에 취해 들어

가는 것도 잊은 채 꽃의 이름을 묻고 또 물었다. 낮은 곳에 얌전히도 피었다. 쪼그리고 앉은 다리가 저려올 정도로 빠져들고 말았다. 기품 있고 점잖은 자태가 주인 부부와 닮은 듯하다.

- 〈물빛 그리움〉 중에서

위 수필에는 옥천의 금강 줄기, 올목 마을의 모습이 한눈에 들어온다. 작자는 이곳에서 강물에 드리운 은빛 물결과 반영된 풍경이 여기저기에 널려 있음을 만끽한다. 잔물결이 일어 드러난 물결로 길손은 눈이 부시다. 보통의 시선으로는 강줄기가 만들어 놓은 자연의 아름다움에 그저 탄성을 지을 뿐이다. 그런데 작자는 시선이 닿은 곳에 턱을 고이며 그 풍경과 무언의 대화를 시도한다. 이때 풍경은 온몸이 열려 있는 작자와 동일화되며 그 신비적 감흥과 함께 너울너울 춤을 춘다. 즉 잠들어 있던 풍경이 잠에서 깨어나며 함께 손잡고 춤을 추는 것처럼 묘사하고 있다. 대상을 바라보는 작자의 시선에 묻어나는 서정성이 무척 아름답게 느껴진다.

자연이 그린 그림은 결코 과하지 않다. 사람도 자연의 풍경일 수 있음을 느끼게 하는 글이다. 어찌 보면 얼굴은 그 사람의 풍경일 수 있다. 그러기 위해 우선 자신의 허물부터 벗어야 할 것이다. 작가 김영미는 자신의 맨 얼굴을 보이는 것에 주저함이 없다. 오히려 당당하게 자신의 가면을 벗어 던지며 스스로 자유로움을 만끽한다. 그 가운데 엄격한 자신과의 대화도 잊지 않는다. 결코 과장하거나 꾸밈없는 맨 얼굴로 자연과 만난다는 말이다. 그러기에 그 용

기는 무모하지 않다. 그것은 그가 그리려는 세계가 가슴 따뜻한 사
랑에 닿아 있기 때문이다.

3. 나가는 말

작가 김영미의 작품세계는 자유로운 가운데 휴머니즘으로 우리
에게 다가온다. 다시 말하여 그의 문학세계는 가까이 보면 멀리 있
고 멀리에서 보면 더욱 큰 산으로 다가선다. 피천득, 법정, 이해
인, 노천명, 이영도, 변해명, 반숙자에 이어 한국 전통수필의 가장
핵심적인 위치에 있다.

김영미의 수필은 정직하다. 그는 부끄럼을 감추고 포장하려 하
지 않는다. 이렇듯 있는 그대로를 드러내 보이고자 하는 작가 정신
이 순수성에 닿아 있다. 그는 남의 이목을 두려워하지 않는다. 마
치 자연 그대로의 정서를 담아 자신의 얼굴을 그리고 있는 것처럼
느껴진다. 이는 작자의 성찰과 관조가 체험의 확대와 존재의 통찰
을 통한 해석이요, 의미화일 것이다. 이러한 작가의 시도는 삶의
진정성에 공헌하고 있다. 그가 다루고 있는 소재나 주제를 의미하
는 과정이 매우 깨끗하고 순수하다. 구차하게 꾸미지 않고 있는 그
대로를 성실히 풀어내 보여준다고 하겠다.

이러한 작가의 태도는 어린 시절 막내딸로서 받은 사랑과 무관
하지 않을 것이다. 작가는 지난날의 기억들을 모아 추억을 만든다.

작가의 마음의 깊이가 그리움이라는 공통분모에 닿아 있기에 가능한 일일 것이다. 그리움은 그리워할수록 커지게 마련이다. 거기에서 오는 정서가 미적 감동과 겹쳐서 상승작용의 효과를 거두고 있는 것이 김영미의 수필세계라 할 것이다. 작가의 정신세계가 넓고 깊어야 좋은 수필을 얻을 수 있다. 세상의 진리는 성현의 말만 늘어놓는 사람보다는 일상에서 흔히 겪는 고민과 싸우고 자신의 부족한 모습을 진솔하게 들여다보는 사람에게 느껴질 것이다. 김영미의 작품이 돋보이는 이유가 바로 여기에 있다.

김영미는 수필집《옥천, 물빛 그리움》에서 인간애의 모습을 그리고 있다. 그 가운데 삶을 성찰하고 관조하는 태도가 꽤 진지하다. 순수하고 정직하게 풀어가는 김영미의 수필세계는 사람냄새가 물씬 난다. 우리는 그의 따스한 사람이야기에 빠질 수밖에 없다. 그것은 그에게 좋은 수필을 위한 소중한 바탕이다.

김영미는 지금까지 좋은 수필을 써왔다. 그러나 이제야 수필집을 내게 되었으니 그가 재평가를 받고 이 나라 수필가로서 정상에 우뚝 서게 된다는 것은 같은 글쟁이로서 축하할 일이다. 그러나 그는 젊다. 더욱 튼튼한 세계를 이룩하여 한국수필가로서 세계적인 반열에 서야함을 깨달아야한다. 지금까지 쌓아온 실력에 겸손의 미학, 양보의 미학, 베풂의 미학, 단란함의 미학을 계속 지니고 수필문단에 우뚝 서기를 바란다.